思念最是深夜时

杨开鹏 著

黑龙江教育出版社

图书在版编目（CIP）数据

思念最是深夜时 / 杨开鹏著 . -- 哈尔滨：黑龙江教育出版社，2021.11
ISBN 978-7-5709-2775-3

Ⅰ.①思… Ⅱ.①杨… Ⅲ.①散文集 – 中国 – 当代②短篇小说 – 小说集 – 中国 – 当代 Ⅳ.① I217.2

中国版本图书馆 CIP 数据核字 (2021) 第 243831 号

思念最是深夜时
Sinian Zui Shi Shenye Shi

杨开鹏　著

责任编辑	田　洁
装帧设计	弘　图
内文编排	安　吉

出版发行	黑龙江教育出版社
地址邮编	哈尔滨市道里区群力第六大道 1305 号（150070）
印　　刷	三河市嵩川印刷有限公司
开　　本	787 毫米 × 1092 毫米　1/16
字　　数	210 千
印　　张	12.75 印张
版　　次	2021 年 11 月第 1 版
印　　次	2022 年 2 月第 1 次印刷
标准书号	ISBN 978-7-5709-2775-3
定　　价	68.00 元

版权所有　侵权必究

黑龙江教育出版社网址：www.hljep.com.cn

如有印装质量问题，请与印刷厂联系。联系电话：0316-3650395
如发现盗版图书，请向我社举报。　举报电话：0451-82533087

目 录
contents

小说篇

村子里的老李 003
孤独的路 009
矿　嫂 014
老矿工 033
落日黄昏 049
雪　融 069
中　毒 086

散文篇

背锅盔上学的日子 …… 117
不需打扰的孤独 …… 120
采草莓 …… 123
成　都 …… 126
臭李子花开 …… 128
父亲的最后一封信 …… 130
割　麦 …… 133
怀念老曹 …… 139
回家过年 …… 143
拉土、起圈 …… 145
老县城 …… 154
石　缘 …… 158
司机小姜 …… 162
思念最是深夜时 …… 170
万杨学校 …… 171
我的舅爷 …… 179
无　声 …… 182
午后阳朔 …… 183
相处不累，是朋友间最好的状态 …… 185
想起母亲说的话 …… 187
小　满 …… 191
洋槐花飘香的季节 …… 194
一米阳光 …… 198

小说篇

村子里的老李

一

老李，比我长一岁，是我的发小。老李住我家隔壁，那是三十年前的事。老李，叫李军科。小时候，小伙伴都叫他军娃。

孩提时代的军娃，是我们小伙伴的"楷模"。村子里大人个个都夸他是聪明懂事的好孩子。家长教训我们的时候，总是说，你看你怎么这么差，你看人家军娃怎么这么好！也许是处于羡慕嫉妒恨，我们几个私底下都会孤立他！

军娃会来事，比如几个孩子一起玩，只要有大人过来，军娃总是第一个打招呼问候，而且嘴很甜，爷呀叔的喊得可亲切了。大人们一听就心里美滋滋的，少不了一番夸奖。而我们总是显得慢半拍，只顾贪玩，而且村子里人多，辈分有时也搞不大清，经常嘻嘻一下应付了事，所以总是挨训。村子里的人，看孩子有没有礼貌，很看重"问人"（见面打招呼）是否贴切。长幼有序，晚辈见了长辈要主动问候。长辈遇见晚辈，是不会先开口的。如果哪一次忘了问候长辈，他能给你记好多天，有时甚至更长。下次见你了，黑着个脸，弄得你云里雾里，不知为什么。

有一回，几个小伙伴晚上一起去偷生产队的西瓜。几个人趁着天黑，摸到瓜地里，正在找的时候，突然被看守瓜园的大人看见了。那人一边大声呵斥，一边追过来。我们吓坏了，拔腿就跑，生怕被抓住。军娃没有跑，把地里的一个稻草人踩倒，双手撑开，直直站那，一动不动。那看守瓜园的，直奔我们追来，跑得我们上气不接下气！这件事，在村里几乎成了尽人皆知的奇闻。

"你看，还是军娃鬼大（聪明）！这小子贼精贼精的，你们太笨了！"大家都竖起大拇指夸军娃。

农村的婚丧嫁娶，叫"过事"，是比较隆重的仪式。"过事"的时候，大家分工协作，各司其职。哪个家族的"事"过得好，就很有面子。一般"过事"的时候，有一位总管，给大家分工，而且把分工写出来，张贴到墙上，算是公示的意思。有一年"过事"，安排我和军娃负责收拾饭桌。就是一拨客人吃罢离席，我们要立即将饭桌收拾了，擦洗干净，重新铺上桌布，摆上餐具，上齐凉菜，等待下一拨客人落座。客人用餐的时候，缺什么餐具，要及时添补，我们得守着待命。这样的活，一般安排给责任心较强的人。活多闲不住，责任也大，我就踏踏实实，坚守阵地。军娃不一样，遇到总管喊人，紧急安排一些事情的时候，他就自告奋勇："我去弄吧，放心！"扔下手头的活，就去忙了。摆桌子的事成了我一个人的，虽然我心里觉得不舒服，但又不好言语。"事"过完后，总管和大人们总是夸军娃机灵、懂事。我妈也批评我是"老实疙瘩"，让我向他学。

军娃的机灵，我是佩服的。有一次，大家一起吃西瓜。大人将瓜切成一牙一牙的，给大家分。一开始，要是大的，他就推给别人，小的他就抢着拿。大人就称赞，军娃真懂事。结果每次，我们都只吃了一块，他总是可以吃到第二块。这家伙，真鬼！

上小学的时候，作文作业挺多，一周一篇，都是命题作文，什么"开学第一天""我做了一件好事""难忘的一件事"等。军娃的作文写得好，老师经常把军娃的作文当作范文在课堂上读给大家听。听他写得那么好，我们都羡慕死了。有一天放学后，我去他家玩，看到军娃姐姐的作文本，随手一翻，我突然明白了，原来如此！

军娃中学以后就和我们不在一所学校了。后来，听说军娃没考上大学。

"军娃应该考上，这娃就是运气太差。不过考上大学能咋，军娃照样有出息！"村子里的大人既惋惜又愤愤不平地议论着。

二

军娃去了乡里的建筑队学瓦工，一年多，就出徒了，能独当一面。村里人就不再叫他军娃了，改叫李师傅。再后来，听说他当了包工头，村里人就不叫他李师傅了，改叫李老板。李老板雇用的工人有我们村的，也有外村的。有些娃要打工，就去找李老板。不认识李老板的，还要托人求情。李老板说："乡里乡亲的，那就来吧。"

李老板常年在外，回到村里，见到人远远就打招呼，笑眯眯的，双手递上一根香烟，对邻里很客气。年长者，一边享受着李老板的香烟，一边感慨地说："古人说，三岁看老。李老板小的时候，我就看有出息！这不，现在是大老板了！"

李老板娶了个漂亮媳妇，方圆几十里的村子都传遍了，知道我们村出了个李老板，李老板娶了最漂亮的媳妇。婚礼，办得气派，村里村外来了很多客人。听说摆了六十多席，很热闹。"你看李老板多有本事呀，媳妇真俊！"村里人见了小两口，都啧啧称赞。

李老板的事越做越大，很快批了新宅子。前面平房，后面二层楼，侧面是灶房，门楼又高又大，最显眼的是门匾上"耕读人家"那四个字。

李老板，还是那样健谈。回到村里，绘声绘色地给大家讲见过的世面。有时也取笑城里人，城里人太小气，买葱一次才买几根；城里人住楼房一点儿都不好，厕所和厨房都挨着，也不嫌臭；城里人一出门就得花钱，上个厕所都要钱，这些都是李老板茶余饭后的谈资。说罢还要加一句："还是乡下好！"

三

大概是一九九六年，我春节回家，年三十下午，见李老板家门口围了很多讨要工钱的人。李老板躲了起来，李老板的媳妇出来劝说。那些没拿到工钱的农民对他媳妇说："你男人把工钱存银行生利息，不给我们发！你在工地灶上扣我们饭钱,不交饭钱不给吃饭。我们干一季下来,不但拿不到一分钱,还给你家倒贴!"

村子里的老人都跟着劝那些讨要工钱的:"哪有大年三十堵门口要账的,一定是甲方没给他钱,他要有钱,还能不给你们?散了吧,大过年的!"

那些人,一直僵持到天黑。李老板回来后给他们一一清了工钱,大伙骂骂咧咧地散了。村里人一连好几天没有看到李老板。

四

后来,李老板不揽工程了,出去打了几年工,说是没意思。再后来,常年待在村里,成了一心务农的老李。老李时常挂在嘴边的一句话就是"城里套路深,还得回农村"。

一次,我回村见了老李,老李很热情地跟我打招呼。寒暄几句后,他略有感慨地说:"你说住城市整天吃雾霾,有啥好的?吃啥啥不香。什么东西好吃呢,我看呀,还是咱家里绿辣子,油一泼,放点醋,夹馍,最好吃!你说,是不是?"我连忙说:"辣子夹馍就是好吃。"

老李有个习惯,爱蹲。每次都要蹲在最高的地方——碾子、石头或是土堆上。实在不行,裤腿一挽,蹲凳子上,和过去的老人一样。

老李最擅长的一件事就是评论。老李,把村里的小孩分成两类:要不"鬼大",要不"笨"。村子里的小孩,他都有一个十分明确的评判结论。老李的观点,大伙都认可。"他老李叔,你看看这娃咋样?长大有出息没?"经常有人指着自己家孩子问老李。"这娃'鬼大'得很,长大一定有出息!"老李的评判,一贯是明确的。有时候,老李也指着某个小孩说:"这娃,见人都不问,一点儿不'鬼大',长大不会有出息。"

遇上谁家过事,那必须评论。一离席,三五成群地就开始了。这种时候,老李一般是中心,大伙会自动围拢过来,听老李怎么说。老李一说,大家基本就只是附和。首先要议论的自然是吃。"今天的臊子面,尝不到醋味,啥吗?

他家请的厨子是哪个村的？以后可不能请他了。""这家服务队也不行，端饭的时候，也不长眼睛，差点儿把汤倒我身上了。""不过馒头蒸得好，又白又软。""你说啥呀，现在谁还蒸馒头，都是镇上买的，馏热就行了。"……

其次就是对主家过事整体评论一番。"今天这事过得好。""来的客人多，这家老二在外面混得好，来了好几辆小轿车呢！听说，好几个局长都来了。""局长你认识吗？老李。""见过，我当年包工程的时候就认识，大肚子，秃顶。"……

五

老李的女儿前些年在广东打工，后来嫁到了南方。具体是哪儿，老李也说不清楚？女儿结婚时，老李两口子坐了几天火车，就只去过这一回。后来，老李女儿生了个男孩，老李两口子帮忙给带着。老李很喜欢小外孙，逢人就夸外孙机灵、懂事。村里人说："他舅爷'鬼大'，孙子能不'鬼大'吗？"

老李还有个儿子，在城里打工。让老李犯愁的是，儿子二十八九了，还没有对象。他没少托人介绍，但一直没有合适的。人家的前提条件是，城里要有房，否则，就免谈。亲戚朋友给介绍了很多，也没少见面，一见面聊几句，女方一听城里没房，就不再接着聊了。"你说，住城里有啥好的，雾霾那么大！"气得老李直跺脚！

有时候，回到村子，几个儿时的伙伴，凑一起了，也拉拉家常。"你们吃公家饭，有钱。鱿鱼海参，前几年也吃，吃了不耐饱。吃顿海鲜，真不如咥碗面实惠"，"你们都变了！都不说话了，是不是看不起咱农民呀？""没有，没有……"他总是主导话题。挖苦我们是老李经常干的事，听着周围人大声笑，老李就像打了胜仗一样。每次在这高潮时刻："老同学，把你的好烟给大伙发点儿呀？发一根可打发不了！"我不抽烟，但每次回村，兜里一定要装烟。老李在村里人缘好。两个耳朵上面，总是夹着烟。老李一走进人群，从耳朵上取下一根烟，就开场白了："刚碰上村子南头西让家的老大，他发的烟。这娃现在混得好，在县上民政局上班。上一次去县城，硬要给我办个老年证。

还说以后出门啥的,很多景点都免费。"老李吸着烟,环视一圈,继续说,"西让家老大,自小时候就'鬼大',西让经常背着他下棋,我一看就说,有出息,你看怎么样?""就是,就是,真让你说对了。"……

老李年轻时,不抽烟,也不喝酒。现在,烟抽上了,说是饭后抽烟,吃饭好消化。他时常和邻居们坐在门前,说说话,拉拉家常,嘴里叼个烟锅。剃了光头,依然,还是那么爱说,而且,年龄越大,越爱说。谁家的子女孝顺,谁家的不孝顺。对村子里发生的事,继续评说一番。偶尔,路过一个人,认识的,不认识的,也要议论议论,有时,还要发一通感慨。

这些年,年轻人大都出门打工,村里人越来越少。村里也没有了学校,孩子也不多。老人有些去了县城住,老李,依然住村子。如果有三五个人在一起说话,一定少不了老李。他就背着手,这条街那条街串着。哪里有人扎堆,他就去哪里。

说话,在人多的场合说话,是老李的生活。

孤独的路

自从门前打了水泥路，鲍三就立即买了一辆电动车。他家住的地方离镇中心有三里远，二区市场是吉勒布镇的经济和娱乐中心。下棋是鲍三退休后的唯一爱好。只要天晴，鲍三一定要去市场下棋。

吉勒布镇，是大兴安岭北部西坡的一个边陲小镇。小镇和周边的镇一样，因林而生。二十世纪五十年代末，国家为了开发大兴安岭，成立了很多林业局。每一个林业局是一个小社会，随后才有的镇政府。吉勒布镇上最大的单位就是吉勒布林业局，林业局最多时候有近万人。吉勒布镇，在二十世纪的七八十年代也有三万多人。随着国家"天保"工程和生态建设的推进，林业局已经停止商业性采伐。如今的吉勒布镇只有一万多人，年轻人往外走，镇上大多是退休的职工。在林业局成立之初，这里没有人定居，只有一些鄂温克人在大山里游猎。

鲍三的老家在河北沧州，他师范毕业后被分配到这里教书。在林区一待就是四十年。六十八岁的鲍老师，在家排行老三，这里的人习惯叫他鲍三。鲍三的老家几乎没有什么亲人了，只能在这里安度晚年。儿子大学毕业后，在沈阳工作。

二〇一四年自治区开展"十个全覆盖"惠民政策。鲍三记不住到底是哪十个全覆盖，他只知道，全覆盖是给老百姓办好事的。让鲍三激动不已的是给他家门前打上了三米多宽的水泥路。虽说距离市场只有三里路，但这里是中国最冷的地方，号称神州"冷极"，气象记录最低气温零下五十度。长达七八个月的冬季，来回出门很不方便。前几年鲍三还可以骑自行车，现在不敢骑了，也冷得受不了。更讨厌的是每年四月份冰雪融化的时候，白天是水，晚上结冰。土路坑坑洼洼，走路都要穿雨鞋。

鲍三家住的是砖房，一家一个小院子，院子四周是篱笆墙。和他们联排住的还有六户人家，其中有三户早就迁到了外地。这一次的"全覆盖"工程，吉勒布镇上凡是有人住的地方都要硬化道路，哪怕是只有一户人家。政府给他们几家人修了平整的水泥路，可是把鲍三给乐坏了。

这一天，好朋友黄贵喜把鲍三从棋桌旁硬拉了出来。他告诉鲍三一个惊人的喜讯："镇上昨天晚上开会研究决定，把你家那一片的几户人家整体搬迁！"

"是吗？消息准不准？"鲍三高兴得几乎要跳起来。

"我儿子在镇政府当秘书，消息能有假吗？"说罢，黄贵喜又悄悄对鲍三说："三哥，这拆迁中的名堂可大了，我听说那些难说话的人最后都赔得多。像你家这种情况，按常理要分给你一套七十平方米的楼房，还要赔三五万元！"

鲍三听得心突突突地猛跳："真的吗？政府给咱楼房住，还要赔钱？太好了，有楼房住了。只要住上楼房，就再也不用烧柴火了。"

鲍三棋也不下了，骑了电动车就往家赶，他要把这好消息第一时间告诉老伴。老伴看着很多人住进了楼房，天天抱怨。在林区住平房，常年都得烧火，要不屋子里凉气重，就是夏天也受不了。鲍三的老伴有哮喘，夜间烧火都是鲍三的事。两口子早就想住可以集中供水、供暖的楼房了。

政府办事真是雷厉风行，不几天鲍三家那一片就给拆完了。房子拆完，空地立即种上了草。鲍三他们被安排在周转房里居住了四个月，在冬季来临之前终于搬进了新楼房。虽说是个六楼，有些高，但鲍三两口子已经是十分满足了。

在搬迁的事情上，鲍三没有任何含糊，按政府说的很快就签了协议。为此，好朋友黄贵喜很是埋怨鲍三。说他太好说话，吃大亏了。鲍三听着，笑笑，也不说什么。

孤独的路

  转眼到了二〇一六年的冬季，十月初的一场大雪使吉勒布镇的基建工程都停了下来。昔日里建设工地的热火朝天，随着凛冽的寒风，戛然而止。

  黄贵喜这几天的心情越发糟糕。起初，黄贵喜家的房子也要拆，但他听说给邻居赔得比他家多，黄贵喜死活不愿意拆房子。黄贵喜原来是林业局供应科的科长，哪能吃下这样的亏。硬是扛着不搬，现在周边的房子都被拆了，只剩下黄贵喜的院子孤零零的。为此，在镇政府工作的黄力，因为老子是"钉子户"，也受了纪律处分。然而，儿子黄力的一个消息差点儿让黄贵喜晕了过去！儿子黄力听市上传言，"全覆盖"工程下马了！

  黄贵喜找到镇上，什么条件也不说了，只要在楼里分个房子就行。镇上领导一句"年后再说"，让黄贵喜无可奈何。过了春节，这里依然是漫长的寒冬。黄贵喜的心就像自己的院子一样孤零零的，他的肠子都悔青了。都怪自己太贪，想发财，这下不但楼房没住上，连儿子的工作都受到了影响。鲍三和黄贵喜老家都在沧州，两人年龄也差不多，是几十年的好朋友。鲍三也经常去劝说黄贵喜，让他想开一些。黄贵喜的老伴前几年因病去世了，儿子黄力在政府住着，晚上他一个人住，半夜还要起来添几次火。

  据黄力说，有些家庭分了不止一套房，有些人本来就不在镇上居住，常年在外地，楼房里空的房子很多。黄力计划等夏天到了租一个一楼的房间给父亲住，租金也不贵。听了这些话，黄贵喜的心里略微好受些。

  吉勒布镇的这个冬天异常寒冷。冬至过后，开始"冒白烟"。"冒白烟"是极冷天气，一般都在零下四十五度才出现这种景象。鲍三每天除了下楼买菜，其他时间也不出门，于是隔三岔五约人来家里下棋。他有时候还在想，镇上要是建一个室内活动室，供大家娱乐，那该多好。

  一天晚上，老伴说不舒服先睡了。鲍三在客厅继续看电视，河北台正在放哈哈腔《王小打鸟》。鲍三斜靠在沙发上，年龄大了，躺下睡不着，坐着打瞌睡。

  鲍三突然听到房子里摔东西的声音，进去一看，老伴正急促地猛烈咳嗽，用手捶打着胸部。他意识到是哮喘急性发作，赶快拿药，倒水，让老伴服下。结果还是不行。他立即给黄力打电话，让黄力帮他叫出租车。又给黄贵喜打电话让他赶紧过来。鲍三一边安慰老婆不要怕，一边准备去医院的棉衣等。黄力和黄贵喜来了，出租车还没有到。镇上的出租车晚上都在暖库里放着，所以来得慢。收拾好东西，等车来后，黄力就背上阿姨下楼。鲍三和黄贵喜两个老头拿着东西下楼，越紧张，越感觉腿上没劲。

镇上的卫生所只有一个外科医生在值班，处理不了。他们只好去七十公里以外的拉布大林市医院，山路有积雪，出租车也不敢开快。鲍三抱着老伴，不断地安慰她，老伴的咳嗽越来越厉害。

吉勒布镇原来的医院属于县级医院，医生护士有一百多人。后来医院归了地方，大批医生护士都流失了，变成一个卫生所，平时仅仅能看一些头疼感冒什么的。就连拉布大林市医院的医疗水平也不行，林区的人要是真有个大病急病，离这最近的省会城市哈尔滨，离这里也有一千公里的路程。对于林区来说，医疗、教育和交通才是最大的问题。

七十公里的山路走了两个半小时。拉布大林市医院急诊科医生先给输上液，然后拍片子，医生看了片子摇摇头，说耽误了，人马上就不行了。鲍三一下子瘫坐在地上……

安葬了老伴，儿子、儿媳和孙子都走了。鲍三每天回到房间，看着老伴的遗像，心里空落落的。

年后三月，吉勒布镇上关于"全覆盖"的宣传标语一夜之间都被撕掉了。镇上的老人们逐渐开始了户外活动，二区的菜市场逐渐恢复了往日的热闹，棋桌旁再也没有了鲍三。

鲍三依旧每天推着电动车，有时去黄贵喜的独家独院走走，更多时候是去自己原来住的地方待着。吉勒布镇上除了市场和森工广场上人多以外，镇四周的棚户区大都被拆了，也有一些拆了半截，有一些房子盖了半截，总之空旷的地方比原来多了。

接下来的日子，除了极端天气，鲍三每天都要推着电动车来到自己原来住的地方，在这条三米宽的水泥路上，蹲下来抽几支烟。不知道是他在陪路，还是路在陪他？

矿　嫂

一

　　灰和白是大兴安岭漫长冬季的主色调。严寒中直直挺立的落叶松是灰色的，林下、公路、河床、空旷的地方，是白色的积雪。大兴安岭的雪没有黏性，落叶松上很少有雪挂。陈毅诗中描写南方的雪与松："大雪压青松，青松挺且直。要知松高洁，待到雪化时。"然而，在大兴安岭，雪花压不住落叶松的高洁。雪花从天而降，在伟岸的松树旁萦绕盘旋后，臣服在树的脚下。大兴安岭的三维空间里，除了高高的松林，就是满地的积雪，很少有灌木。青盘山是大兴安岭北端西坡的一座小山，蜿蜒流淌的得耳布尔河绕山而过。十二月的大兴安岭一片沉寂，而青盘山矿却是热火朝天。

　　杨福根和工友走出坑口，已经是下午五点左右了。这时外面的天已经黑了，这里的高纬度使冬日的白天变得更短。冬天，平硐的风是往里吹，像刀子一样。矿工们戴着能包裹耳朵和脸的棉帽，只露出两个眼睛。刺骨的寒风吹来，眼珠也会感到阵阵凉寒。杨福根从棉衣口袋中拿出手机一看，发现有三个未接来电，都是媳妇玉贤打来的。他跟同行的工友说："你们先回吧，我给媳妇回个电话。"工友调侃道："外面这么冷，想媳妇等不及了呀！"哈哈哈，几个人一路坏笑。杨福根每天的作息规律，媳妇王玉贤是知道的，这个时候打电话一定是有什么急事。杨福根连忙拨通媳妇的电话：

　　"玉贤，咋了？"

"娘住院了，正在抢救！"王玉贤说完，随即挂了电话。

杨福根没来得及问老娘到底怎么了？他预感情况不妙。杨福根突然心跳得厉害，十分担心老娘。他装起手机，加快了步伐，心里做着各种各样的猜测。回到宿舍，换衣服，洗漱，像丢了魂似的，看见谁也不说话。他知道媳妇在医院忙碌着，不忍心再拨电话。他坐在床边，打开微信，盯着媳妇的头像静静地等待着。同屋的李强看出他心里有事，帮他在食堂打了饭菜。杨福根谢过李强，并小声说，老娘住院了。

杨福根翻看着和媳妇的通话记录，前天媳妇还说老娘身体硬朗，在家可以自己照顾自己。老娘到底是生什么病了？杨福根没有兄弟姐妹，父亲因病去世五六年了，老娘今年七十三岁。老娘在山里住了一辈子，眼睛不花，耳朵不聋，血压不高。虽有点瘦弱，但还算精神。平时在家里，还喂猪，养鸡，总是闲不住。

微信里媳妇的头像终于开始闪烁：

"已无大碍，放心。"

"轻微脑震荡，颅内少量瘀血。胸椎骨折。"

"医生说不需要手术，固定、消炎、回家静养。"

"福根，吓死我了。要真有个事，我怎么给你交代？中午回到家发现娘躺在院子里，原来是院子有冰，滑倒了。都怪我，前几天还说给娘换一双防滑的棉鞋，都怪我！最近忙新房装修，疏忽了。"

杨福根终于明白了怎么回事，长长地出了一口气，给媳妇回复：

"知道了，在医院听医生的。不要担心！玉贤，你辛苦了！"

媳妇："福根你刚下班，快去吃饭。这会儿我也忙，等会儿联系。"

杨福根起身倒了一杯水，拿出一根烟点上。心里想，谢天谢地，有惊无险。

晚上，杨福根照例和媳妇王玉贤微信视频。他还对老娘说了几句安慰的话，叮嘱老娘好好养病。

矿上本来也计划这几天放假。第二天，杨福根提前请了假，订了机票，心里难免有些激动。自三月份来到矿上，一直没有回家，早已归心似箭。矿上矿工都差不多是一样的，常年在矿上，年初来年底回。这里是中国最冷的地方，元月、二月份是每年最冷的时候，矿山会停产放假。

杨福根来矿山打工，一晃已经八年时间。他有两个孩子。儿子杨亮，上大四了，正在准备考研。女儿杨倩，明年高考。八年来，凭着这份收入，杨福根上半年在老家的南郑县县城买下了三居室的房子，准备把家由山沟搬进县城。媳妇王玉贤正忙着装修新房，计划今年春节在县城过。谁料想老娘摔伤了。刚视频的时候，王玉贤流着泪，倍感内疚。杨福根劝她，说是意外，不要太自责。

杨福根和王玉贤是同村，又是同学。两人高中毕业后，都没考上大学，第二年就结婚了。杨福根和王玉贤高中是在南郑县城上的，他俩最大的理想就是，通过自己的努力，让家人搬出大山，在城里安家。结婚后，他们到处打工，但是收入仅能维持生计。十五年前，杨福根选择了在矿山打工，矿上虽说条件差一些，但收入要高一些。在杨福根的眼里，矿上的条件比山沟里要好许多。后来跟着老板到了大兴安岭。

青盘山矿，是一家国有企业。矿山采矿承包给浙江的施工队伍，矿工们来自全国各地，大部分像杨福根一样是贫困山区的人。矿区距离镇上三十多公里，总共有两百多职工及家属。现在矿区的通信像城市一样，下了班可以和家里人视频，业余时间可以追剧、看电影、玩抖音，业余生活很丰富。

网络的发达，拉近了人和人之间的距离，获得外部的信息也十分便捷，但对于常年在矿上工作的矿工们来说，对外面的世界接触太少，也缺乏对很多事情的体验。如回家的车票，有些人都买不了。买东西要刷手机，扫二维码，这些都不会。每一次出行都强烈地感到，自己已经远远地落后于社会。年轻人再说几个网络上的新词，那就更是一头雾水。

二

杨福根卖掉了山沟的老房子，终于把家搬到了南郑县城的新房。老娘出院后，一直卧床不起，他和媳妇玉贤一起照顾老娘。女儿也不住校，改成走读。

老娘一直不舍得山沟的老房子。住城里有什么好呢，吵得很。老娘在山沟里居住了一辈子，走出山沟也就一两回。老娘是一个要强的人，年轻的时候很能干。她看着儿子买房、搬家，替他们高兴，心里乐滋滋的。逢人便说，儿子、儿媳妇有能耐，以后儿孙们就是城里人了。在她自己看来，这是为祖上增光。老娘十分懊悔自己摔倒，给儿子一家添乱了。听媳妇说，原计划搬进城里后，要去卖面皮做生意。老头子走了以后，她看着儿子的日子一天天好起来，老太婆在心里暗暗告诉自己，虽说她帮不上什么忙，这几年一定要确保身体不生病，不能死，让儿子一家迈过这些坎。可谁又能料想到，自己摔伤了，还瘫在床上要人伺候。虽说伤筋动骨一百天，可是对七十多岁的她来说，这一躺下，还能起来吗？她心里显然没有这个自信，经常在半夜里偷偷抹泪。

放寒假后，一直是孙女杨倩陪奶奶住。老太婆告诉儿子福根，自己最近睡眠不好，让他买些安眠药回来。福根知道母亲的心思重，睡不好，按母亲的盼咐买了安眠药。

杨福根把家里安顿好以后，白天也抽空和县城的同学出去喝酒。王玉贤知道他一年没在家了，出去会会朋友、同学是应该的。只是每一次都叮嘱他，不要喝大酒，适可而止。福根的酒量一般，人挺老实，在酒场上禁不住人劝，回来多半都醉了。

大年三十，王玉贤炒了一大桌子菜，杨福根拿出了他珍藏多年的酒。一家人第一次搬进新家，第一次在县城过年，多高兴呀！本来在客厅用餐，杨福根把桌子搬到老娘的房间，大家都觉得好。菜上齐了，杨福根端起酒杯，像矿上的人一样开始提酒。提酒，是呼伦贝尔的酒文化，一般由主人第一个开始，也就是发表祝酒词、欢迎词等。杨福根这些年在矿上，耳濡目染，觉得提酒挺好,可以借酒说话,达到沟通交流的目的。不像汉中的酒文化,在一起就是互相灌酒,有时还划拳,吵吵闹闹的,没意思,倒显得没有文化。

"我们终于实现了第一个梦想,从山沟走向城市!买了房,搬了家!今儿个是大年三十,我们一家人团团圆圆过大年!今天的一切都是我们一家人一起奋斗来的,人一定要有理想,有了理想就有了干劲,这些年在矿上,当我很累、很冷、寂寞、难受的时候,我就想想我的理想,一下子就来劲了。咱们也不忘初心,撸起袖子加油干!让我们先为今天幸福的生活干一杯!"杨福根心里想着好多词,一到提酒的时候,就忘了。他平时很羡慕当地人提酒的功夫,有些人能说几分钟,而且每个人都不带重复的。说完,大家举杯,他带头一饮而尽。王玉贤和两个孩子,交换了一下眼神,女儿杨倩给爸爸竖起了大拇指。

"家有一老,是个活宝。第二杯酒我们大家一起敬奶奶,祝福奶奶早日康复!身体健康,万寿无疆!"老太太半躺在床上,听了福根的这番话,激动得眼泪都流出来了,忙用手绢擦眼泪。嘴里说:"奶奶现在变成你们的拖累了,不中用,不中用。"

"第三杯我们一起敬妈妈,今年从年初开始,看房、买房、装修、买家具等,这些天又照顾奶奶,太辛苦啦!原来打算,等咱们搬到新家后,你妈妈准备自己开一个面皮店。你妈妈的热米皮和夹菜豆腐一定好卖,生意一定火爆!来,我们一起敬妈妈,祝妈妈越来越年轻!"玉贤不好意思地摆了摆手。

酒过三巡,杨福根越说嘴里的词越多。他觉得自己今天的口才太好了,这状态要是在矿上该多好呀,还不得嘚瑟一下。

春节联欢晚会开始了,王玉贤和儿子、女儿去客厅看晚会。福根陪娘说话,娘高兴地说,从来没有见福根这么能说。福根拉着娘的手说:"娘,等你身体好了,让玉贤带你去汉中、西安、成都转转,现在高铁通了,都挺方便的。"老娘说:"你和玉贤有这个心我就知足了。我这一躺下,可能再也起不来了。娘还说好赖再撑几年,等你们熬过这几年。没想到娘成了你们的累赘。娘今年七十三，也活够了，不给你们添麻烦了。"

"娘，你这话说的，你苦了一辈子，还没有享福呢，说那些不吉利的话干什么？"福根从兜里拿出一千元现金给老娘，老娘推着不要，让福根也去看晚会。

三

初一一大早，倩倩跑厨房告诉妈妈一个秘密。说昨晚睡觉前，奶奶非要给她五百元压岁钱，她推托半天，奶奶硬塞给了她。于是她先收下，想等奶奶睡着了，偷偷放进奶奶枕头下面，却意外地发现了枕头底下，手绢里包了好多片状的药。倩倩怀疑奶奶有意隐藏什么，因为奶奶每天晚上吃药的时候都让她出去。

吃过早饭，玉贤告诉福根，以后由她负责给娘买药，福根疑惑地看看媳妇，玉贤说她一个熟人在附近卖药，便宜。然后又告诉大家："搬到城里了，也该享福了。城里多好呀，比穷山沟好多了。城里的电视节目又多又好看，我也开始追剧。白天买菜，做饭，晚上看电视追剧，美好生活开始了。"福根以为媳妇在开玩笑，笑着说："好，贵夫人。"

自从王玉贤搬进县城，联系上县城里的同学和要好的朋友，就隔三岔五地逛街、聚会。在山沟里住，女人大都素面朝天，不爱擦呀抹的。和同龄人一比，王玉贤显老许多。王玉贤慢慢也开始注意自己的形象，逛街的时候买了一些化妆品。用上化妆品以后，她问福根："好看吗？"福根总是调侃："都老太婆了，妖精什么呀！"玉贤告诉福根："到了城里，你也要穿好点儿，把自己收拾干净利索，也是对别人的尊重。看看人家城里的男人，学着点儿，福根！"福根才听不进去媳妇那一套，男人嘛，还是本色一些好，啥样就啥样。

过了几天，玉贤去市场买了一张单人床，放到老人的房间。从此，每天晚上玉贤陪婆婆睡。说是方便照顾，半夜需要起个夜，喝个水，有个头疼脑热什么的，自己好照顾。福根觉得自从搬到县城后玉贤开始变了，眼看着倩倩要高考，亮亮花钱的地方也还多得很，玉贤怎么就好像已经很满足了似的，原来精打细算的，现在说买啥就买啥，也不和自己商量。这几天还让儿子教会了淘宝购物！

玉贤每天晚上陪老娘住，偶尔和福根在房里说说话。福根没想到媳妇竟然不和自己同房了。有时福根坚持要玉贤住一起，她也是草草应付一下。这是为什么呢？他想起了那一次同学聚会回来后，玉贤总是感慨他们班长，年轻又有风度，有钱有地位。但回头一想，玉贤也不是那样轻浮的人呀！千思万想，不得其解。

转眼过了正月十五，福根要去矿上上班了。临走的时候，他依依不舍，对老娘千叮咛万嘱咐。又跟玉贤好好谈了一次，家里的事情希望她多费心。

四

杨福根出发的时候，汉中的油菜花已经开了，到了矿上依然是冰雪世界。大兴安岭的冬季长达八个月，一年的无霜期不足一百天。这里是中国最冷的地方，气象记录最低气温零下五十八度，号称中国冷极。要说感觉，冬天在汉中，福根感到比冷极的矿上还冷。汉中在秦岭南坡，地理意义上属于南方，空气湿度大，冬季不供暖，屋里比屋外冷，在家要穿厚厚的羊毛衫。而在大兴安岭虽说外面是零下四五十度的极寒天气，室内温度却在零上二十四五度。大兴安岭的冷，是冷皮肤。汉中冷，是冷筋骨。相比而言，刺骨的冷更不好受。福根每次回家抱怨汉中冷的时候，当地人就说："东北那么冷，这咋说不冷呢？"很多事情，没有亲身经历，是不会有深刻体验的。

刚到矿上照例是复工前的安全培训，白天听课，晚上没有什么事。其他矿工几个人凑一堆聊天、喝酒、侃大山。不知今年怎么了，杨福根总记挂家里，每天晚上和玉贤视频，总感觉两个人不像以前话那么多了，每一次都是玉贤先挂断电话。

杨福根放下电话，躺在床上，回忆刚才和媳妇视频的情景。刚才玉贤提出来要把丈母娘接到家里，说是为了陪老娘。杨福根在电话里痛快地答应了，尽管他心里不情愿丈母娘来，但也没有理由拒绝。不过他觉得媳妇最近想一出是一出，凡事爱做主。杨福根买房的时候，问玉贤的大哥玉虎借钱，王玉虎找借口没有借给他。为这事，杨福根一直耿耿于怀。王玉虎常年在山区跑运输，家里还有个小卖部。按理说，拿出几万块钱应该没多大问题。就连王玉贤也觉得哥哥做得不对，还生了一阵子气。王玉虎还有个弟弟王玉财，小时候从上山摔下来，摔断了腿，落下个残疾。玉财是老实巴交的山里人，不能出门打工，只有在山里种地、养猪、养羊。三十好几了还是光棍一个，和老娘两个人相依为命，日子过得紧巴巴的。杨福根和玉贤去丈母娘家，看着玉财日子过得可怜，经常接济一下。老大玉虎的条件比弟弟玉财要好很多，但是老娘常年和玉财住一起，玉虎不闻不管。王玉虎有钱都不管老娘，现在玉贤却要把丈母娘接到南郑县城来。杨福根想绝对不是单纯陪伴老娘那么简单，一定是还有其他的原因。不过碍于媳妇的面子，杨福根也不好深说。

五

李强和杨福根是汉中南郑县山岔乡的同乡，两人同一年来的矿上。平时两个人的关系很好，相互照顾，常在一起喝酒。就是回老家休假的时候，还要凑一起喝几顿酒。由于两人的关系好，两家的走动也频繁，像亲戚一样。杨福根发现，自从他在县城买房以后，李强对他的态度变了，说话阴阳怪气的。今年春节，杨福根打电话请李强带上媳妇孩子来县城玩，李强嘴上答应，但一直没有来。收假以后，杨福根问李强咋不来呢，李强推说家里事多，忙，走不开。杨福根知道大多数农村人都是这样的，一个村子的人，谁发家致富了，大家会心生嫉妒。慢慢会将先富的人孤立起来，和你不冷不热，甚至不搭话。估计李强也是这样，大家是一起来打工的，你在县上买房，我没买，心里自然不舒服，脸上也挂不住。这个时候，你邀请我去看你的新房，这不是炫耀吗？

杨福根和李强算是矿上的老员工，如今都是班长，都在带队伍。今年有色金属市场比较好,矿上的掘进任务很重。像杨福根、李强这样的班长们,谁不愿意抢一个好工作面干?杨福根大李强两岁,既是同乡,又是同屋,严队长给他俩两个工作面,让他俩自己选择。以往遇到这种情况,他哥俩都抓阄决定,这次也不例外。杨福根弄好两个纸阄,让李强先抓。李强抓了1650的平巷掘进,杨福根自然就是1690的平巷掘进。可是李强觉得自己的工作面距离远,心里闷闷不乐。杨福根看出李强的不情愿,说:"都是哥们嘛,我去下面干。"李强高兴地几乎跳了起来,激动地说:"杨哥,你太好了!等哪天我们班组请你喝酒。"说罢,两人分头做开工前的准备工作。

杨福根和李强的平巷掘进同一天开工,都很顺利。干了一周时间,严队长找到杨福根说,技术组又给1650中段设计了一条平巷掘进,施工的巷道不远。工期不是很紧,安排杨福根班组两个工作面一起干。这是求之不得的大好事。一个地方,两个工作面可以交叉干,既省时,又高效,自然收入高。杨福根是高兴了,可是李强后悔了。明明是自己抽的1650中段,却让福根给换了去,太后悔了。本来也不算多大的事,可是李强听矿上的人说,杨福根早就知道设计的事,故意和他换的。李强这就想不通了,你福根这不是明摆着欺负人吗?福根把自己卖了,自己还帮人家数钱呢!李强质问杨福根是不是提前知道设计?杨福根坚决地说,不知道。两个人为这个事吵了一架,任凭福根怎么解释,李强认为就是福根给自己挖了个坑。从此,两人开始见面不说话,更别提喝酒了。

四月份的一天,王玉贤带婆婆去医院拍了片子,医生说恢复得很快,很好。医生叮嘱,不能再整天躺床上了,要下床锻炼。通过几天的锻炼,婆婆可以自如活动了。晚上和福根视频的时候,玉贤让福根看老娘是怎么做泡菜的,只见老娘忙来忙去,把菜弄整齐,一层一层放进坛子,很专注地劳作着。他连忙对媳妇说:"娘刚恢复好,快别让娘干了!"不料王玉贤说了句:"我故意让她干的,以后可不能让她吃闲饭喽!"福根突然听媳妇这么说,咋那么刺耳!福根大声对媳妇说:"玉贤,你说什么呀?什么意思?"图像定格,不动了。福根再打，手机关机。

  杨福根反复拨了几遍电话，还是没有通。他怎么也想不到媳妇玉贤会说出那样的话，故意让老娘干活，还以后不让吃闲饭了？更生气的是竟然挂了电话，还关机。自从过年到现在，媳妇玉贤的种种变化真是令他费解。按理说老娘病愈，能下床，福根应该感到高兴才对。可福根一点儿都高兴不起来。他回忆着刚才的画面，胡乱想着，媳妇玉贤和丈母娘在一边嗑着瓜子，老娘一个人在忙碌。这一定是玉贤逼老娘干活，老娘的身子刚恢复，这不是折腾人嘛！他越想越生气。尤其是那一句"以后不能让她吃闲饭"，什么意思呀？怎么老娘七十多的人了，就成了吃闲饭的？怎么就容不下她啊？

  杨福根走出宿舍，到外面的公路上去散心。大兴安岭正是冰雪融化的季节，也是一年中最脏乱的时候。长达八九个月的积雪成了"藏污纳垢"的所在，随着冰雪逐渐融化，烟头、纸屑等垃圾都现出"原形"。公路上已经没有了积雪，路上是三三两两遛弯或是打电话的人。杨福根一边想着心事，一边低头走路。

  薛龙在路边打电话，看见杨福根，主动走过来打招呼。薛龙是甘肃天水人，平时和杨福根关系不错。薛龙神秘地对杨福根说：

  "这几天老想找大哥聊聊，一直没有合适的机会。大哥，你可能还不知道，李强在背后老说你坏话，你要注意。"

  "说什么坏话？我有什么可以说的？"杨福根心里琢磨着。

  "大家都在议论，就你不知道。大哥，他不知道听谁说的，说嫂子在南郑县城给人按摩。传来传去的，话很难听。"

  "净瞎扯！你嫂子在家忙还忙不过来呢？还去按摩，这你也信？"杨福根感觉李强这谣造的水平太一般了，可是竟然还有人信，有人传！

  "大哥，我也不信！李强说得有鼻子有眼，说是他媳妇去县城看见的，还说嫂子描得花里胡哨的。还说那家按摩店不正规！大家都在背后传，我实在听不下去。"薛龙一本正经地说。

  刚才媳妇挂了电话，现在又听到谣言，福根气不打一处来。也不遛弯了，直接回宿舍。他质问李强为啥给他造谣，李强还理直气壮地说是他媳妇亲眼看到的！为这事杨福根也懒得和李强吵吵，蒙头就睡。

　　吃完早餐，送走了杨倩，王玉贤把两个老人带到广场上晒太阳。广场上的人真多，打太极拳的，跳广场舞的，唱歌的，唱戏的……王玉贤出门的时候带了棉垫子，方便两个老人坐下来休息。王玉贤突然发现出来的时候没有带手机，不过想一想也没有什么重要的事情，没拿就没拿。两个老人看着广场上热闹的景象，感叹着："现在的日子真好，只可惜咱们老了，享不了几天福了。"王玉贤接过话题说："等娘好利索了天天来广场上走一走，咱也锻炼。你看这里有很多人都比你们年纪大，怕啥，好日子长着哩！"

　　快到了中午吃饭的时候，她问二老累不累，两人兴致勃勃地说："又没做啥，不累。"王玉贤说："一会领你俩下馆子，吃完饭去商场转转。"两位老人爽快地答应了。王玉贤想着，要换季了，准备给她们买些衣服。

　　三个人真能转，回到家已经是五点多了。王玉贤拿手机准备看有没有谁打电话，结果发现手机昨晚根本就没有充电。她给手机充上电，就进厨房做饭了。

　　吃完晚饭，她让老娘帮她洗碗，说自己有事，王玉贤简单化了妆，急急忙忙出了门。

　　杨福根煎熬了一个晚上，第二天一大早还迟到了。在上班的路上给媳妇打电话，还是打不通。后来问了女儿倩倩，倩倩说她在学校，可能是妈妈没有带手机，家里很好，没有什么事。杨福根不好和女儿深说，也就挂了。下午下班，一出洞口就打电话还是不通。这就怪了，是不是媳妇生气故意关机呢？妻子说的话，以及李强造的谣言，一直压在心头无法释怀。

　　薛龙看着魂不守舍的杨福根，内疚自己不该对他说那些话。于是叫了辆出租车，硬拉着杨福根等几个人去镇上洗澡。青盘山矿距离镇上有三十公里的路程。矿上也有澡堂，供职工家属洗澡。但是矿工们一个月总要找个理由去镇上放松一下，真实目的是喝一顿。在外打工，谁没有心烦的时候？在矿工的世界里，心烦的时候，最好的解决办法就是喝酒。一般在矿山工作多年的人，大都能喝酒，也就是这个原因。

  镇上大约有两万人，大多数是林业工人。二十世纪五十年代，为了国家建设，第一批务林人成建制开进大兴安岭。此前这里仅有一些游猎民族活动，没有定居的人。林业工人来了后，组成一个一个的林业局。后来随着林业的大发展，才有了当地的政府组织。第一批务林人是大兴安岭的拓荒者，爬冰卧雪，为新中国的建设做出了巨大贡献。如今林业工人是第二代务林人，他们随父辈来到林区，出生、成长在这里，继续父辈的事业。随着天保工程、生态环保的要求，现在的大兴安岭林区已经全面禁伐。镇上的人来自五湖四海，这里没有土著，不排外。文化是多样的，包容的。

  薛龙和杨福根一行四人，按照矿工们下山的"三部曲"，洗澡，喝酒，吃烧烤。中间杨福根又打了媳妇王玉贤的电话，她还是没有接。他知道这个时候，女儿倩倩一定在家。他打电话问倩倩："妈妈咋不接电话？"倩倩说："吃完晚饭，妈妈碗都没洗，就说有事急急忙忙出去了。这几天妈妈每天晚上都出去，很晚才回来。关键是走的时候还化妆。"杨福根听了女儿的小报告，心乱如麻。杨福根心里有事，借酒浇愁，早已不胜酒力。回矿山的路上一阵颠簸，杨福根一下车就吐了。薛龙扶杨福根回宿舍，福根拿出电话准备给媳妇打。薛龙说："外面冷，回屋打吧。"杨福根心里是清楚的，他不愿在人多的地方打电话，家里的事也不想让同屋的李强知道。薛龙一看手机，已经是晚上十一点半了。劝杨福根："太晚了，家人都休息了，别打电话了。"杨福根还是拨了媳妇王玉贤的电话。电话通着，没有人接。薛龙说："嫂子睡了，别打了。"福根又一次拨了媳妇的电话，等了好长时间，一个女的接的。杨福根问是哪？对方说是按摩店。又问王玉贤呢，对方说正在给人按摩。杨福根也不问青红皂白，恼羞成怒，把手机重重地摔到了路上……

六

  杨福根把这两天的事联想在一起，心神不定，无心上班。说起按摩，杨福根有一次尴尬的经历。那是好多年前在汉中，几个人喝了酒，杨福根被拉到一家按摩店。他从来没有来过这些地方，也不知道按摩是怎么回事。进了房间，进来一个浓妆艳抹的年轻女子给她按摩。按着按着，对他说："大哥，要不要做一下？"杨福根不知道做什么，只是含糊地答应着。当按摩女帮她脱裤子的时候，他一下子明白了做什么。吓得他跑出按摩间，从此再也不去按摩了；在矿上也常听说有些矿工发工资后，专门打车去海拉尔做按摩，他就知道是做什么。现在，他的媳妇怎么干上按摩了？打死他也想不通。第二天，他请了假，定了机票，也没和王玉贤说，准备回家亲眼看看媳妇究竟是怎么回事？严队长也看出杨福根这几天神情恍惚，尽管矿上任务紧，但从安全角度考虑，才勉强同意杨福根请假。

杨福根当天晚上就飞到了咸阳机场，归心似箭，他雇辆出租车直奔汉中，晚上十二点终于回到了家。一进门，媳妇玉贤没有在家，老娘、丈母娘也被吵醒了。老娘奇怪福根怎么半夜回来了，福根解释说，回来出差。丈母娘赶紧去厨房给女婿做饭。老娘拉着儿子福根的手，激动地说：

"福根，娘摔了，以为躺下再也爬不起来了。多亏玉贤精心照料，娘才好得这么快！你娶了个好媳妇，把娘伺候得好得很。"老娘说的时候，眉飞色舞。

"这么晚玉贤去哪了？还不回来？是不是这几天每天都这样？"福根听不进去娘的话，问了一大堆问题。

"自从我能下床以后，玉贤每天晚上出去，也没说干啥，咋了？不放心你媳妇？"经老娘这么一问，福根心里一愣。

丈母娘的饭要做好了，玉贤也进门了。一看见福根回来了，诧异地问，你咋回来了？福根说出差。玉贤心想，你一个打工的，出什么差，骗人。

"玉贤，这么晚，你每天出去干啥呢？"福根压住心头的火气，低声急切地问道。

"福根，你还监督我。干啥去？保密。"玉贤看着福根着急，偏不说。

"吃饭吧，你先说你为啥急急忙忙回来，今天打了好几次电话都是关机，咋回事？边吃边说。"玉贤也生气，顺手拿了筷子给福根。

福根想着一定是玉贤不敢承认按摩的事，才反问自己的。气得福根把筷子扔到地上，生气地说："吃个屁！我不饿！当着老人的面说清楚，你晚上干啥见不得人的事去了？"

王玉贤一听福根这么大火气，扭头去了房间。

老娘一看福根莫名其妙地摔筷子，还埋怨玉贤，气得火冒三丈，从炕上拿起笤帚就朝富贵背上打。丈母娘在一旁拉着亲家母，老娘大声骂道：

"你一回来不谢你媳妇，哪根筋不对了？摔摔打打。要不是玉贤，娘早死了！没良心的东西！"

玉贤从房子里出来，拿了一瓶药，重重地放在福根面前。颤抖地说：

"福根，这是你给娘买的安眠药。要不是及时发现，娘真的已经服药不在了！那段日子，我想方设法照顾老娘。怕她得褥疮，我去学按摩。怕她寂寞，我连我娘都接来了。现在能动了，连医生都说恢复得快。你回来了，这些你看不见呀！眼睛瞎了吗？福根，我跟你这么多年，你把我想成啥人了？我能做啥见不得人的事？杨福根，跟你这么多年了，你不信我，还给我泼脏水，你良心让狗吃了吗？"想起这几个月受的委屈，玉贤一屁股坐在沙发上，呜呜地哭起来。

老娘重新操起笤帚，在福根背上一顿猛打。福根如梦惊醒，开始扇自己的嘴巴。急得丈母娘几头拉，几头劝。

七

原来事情是这样的，初一早上，当王玉贤听到女儿倩倩发现安眠药的事，吓了一大跳。等稍微平静下来后，她安排倩倩去楼下药店买一种维生素。倩倩赶紧去买了回来，把安眠药换成了维生素，用手绢包好，原地放回奶奶的枕头底下。王玉贤知道，婆婆是一个志气很高的人，爱面子。这些事说破了，无论如何老太婆脸上是挂不住的。让王玉贤想不通的是，老人怎么会有轻生的念头？是不是她这个儿媳妇没有当好？也不对呀，平时婆媳关系挺好的，邻居都夸呢。她想，一定是娘对自己的病没有信心，以为七十多岁的人一旦躺下就很难起来，还要人照顾。她是想解脱自己，为这个家减轻负担。自从王玉贤嫁到老杨家，婆婆对她很好。前些年，帮她带孩子，操持家务。从来没有给她脸色看，在人面前总是夸她是个好媳妇。说句实话，这些年多亏家里有个老娘！王玉贤前几天还在想，在婆婆摔倒之前，她觉得婆婆身体好、精神好，出门时，像养鸡、喂猪、做饭这些活，她会安排给婆婆做。婆婆对她多好，自己还没有真正伺候过老人。她在想，婆婆只有福根这一个儿子，福根又不在身边，她一定要替福根尽孝心，伺候好老娘。

王玉贤也感到一丝丝感动，婆婆这样做纯粹是牺牲自己为大家。她一定想着自己这一走，儿媳妇不用照顾，还可以去做些生意赚钱补贴家用。一个农村妇女，要做出这样的决定，得有多大的勇气啊！

王玉贤理了理思路，她决定隐瞒安眠药的事，她和倩倩知道就行了。不打算告诉福根，让福根安心上班。她有些后悔，自己平时说话不注意，无形中给婆婆施加了压力。搬新家后，有一天王玉贤聊天时信口说了句，楼下的菜市场刚好有一家米皮店在转让，要是盘下来，菜市场人多，生意一定很好。当时老娘说了句，是她拖累了玉贤。王玉贤在心里告诫自己，以后这些话千万不能在婆婆跟前说。不提自己做生意、找工作的事，要装成一个贪图享受、小富即安的人，以减轻婆婆的心理压力。

自从丈夫福根走后，玉贤专心照顾婆婆。她要给婆婆树立生活的信心，让她的生活有所变化。她私自做主给婆婆买了一个轮椅，外面太阳好的时候，她推着婆婆到公园晒太阳。让婆婆有意接触一些同龄人，一起拉拉家常。王玉贤又上网学习，查一些关于老年人的资料。她逐渐明白，老年人最大的苦恼就是感觉自己没有用了，说话别人不听，意见别人不重视、不采纳，以及觉得给家庭做不了贡献，自己反而成了累赘。王玉贤明白了下一步的主要任务就是让婆婆树立起对生活的信心，首先让婆婆感觉到自己是一个对家庭还有用的人。玉贤知道婆婆有一个绝活就是腌泡菜。虽说自己也会，但她仍像是小学生一样请教婆婆，让婆婆教她腌泡菜。这个办法真管用，婆婆一下子来劲了，耐心地给儿媳妇玉贤教授如何腌泡菜。做菜豆腐、做腊肉、灌火腿这些，原来也都是婆婆拿手的，王玉贤要婆婆一一辅导自己做。

王玉贤和婆婆共处的时间长，她主动让婆婆给她讲年轻时候的故事。和婆婆聊天的时候，王玉贤把自己当作忠实的听众，婆婆逐渐开始健谈。时间一长，娘俩处得和知心朋友一样，婆婆的心情一天天好起来，王玉贤也理解了善良朴实的婆婆一辈子的艰辛与不易。

王玉贤听说病人卧床不起，身上容易出现褥疮和肌肉萎缩。她就时常给婆婆揉一揉，按一按。但王玉贤觉得自己不够专业，所以想找个按摩店学一学。南郑县有一个专门给中老年人按摩的店，师傅手艺很好。经人介绍，她和老板商量好，店里上午生意不多，她正好也有时间。她每天上午去店里帮忙，顺便学习按摩手艺，不要工资。王玉贤觉得这个事没有必要跟福根细说，等自己学艺成功，以后可以给老公按摩。她又担心，自己上午离开后，婆婆一个人在家寂寞。她想了一个两全其美的办法，把自己的老娘接到县城来。王玉贤的老娘今年七十岁，身体挺硬朗。老人一辈子几乎没有走出过大山，接来以后，两位老人还可以相互陪伴。

自从王玉贤把自己的老娘接来后，两位老人一天到晚有说不完的话。王玉贤把老家的旧电视也安装到婆婆的卧室，两个人一起看百家碎戏，一起听秦腔。王玉贤变着花样做饭，家里常常笑声不断。她是高中毕业，在按摩店学习进步很快。每天回到家里给婆婆按摩，不断体会练习。看着婆婆的气色一天天好转，王玉贤心里十分高兴。

那天从医院检查回家，玉贤娘说心慌，想家了，吵着要回山里。玉贤还没有说话，玉贤婆婆就急了，说坚决不同意她回家，一定要老妹妹再陪她一段日子，等她好利索了，她要陪老妹妹一起回山里住，说城里的夏天太热，受不了！

　　王玉贤开始每天帮婆婆做恢复性锻炼，大约过了半个月，婆婆能自己下床了，并且行动自如。为了让婆婆老有所为，王玉贤索性激将婆婆，能不能给大家露一手，亲自做坛泡菜？婆婆满口答应，说干就干。

　　王玉贤要去按摩店上班，原来都是头午去，现在婆婆能下床了，白天她要帮婆婆做恢复锻炼，没有时间。晚上有老娘陪着，倩倩十点多也放学回家了。所以她和按摩店商量，把时间调到了晚上。在按摩店，通过这些天的学习，和在婆婆身上的不断实践，她不仅能独立工作，而且深深喜欢上了按摩这一行。老板准备从下个月开始给她发工资，也希望她能留下来。按摩店的服务对象大都是中老年人，王玉贤的年龄正好，人又聪明，又有劲，更主要的是兴趣浓厚，人品不错。王玉贤没有想到，伺候婆婆竟让她学了一门手艺，心里别提有多高兴了。王玉贤先没有答应老板的要求，她在心里盘算着下一步的打算。女儿考上大学，家里的开销增大了，自己不挣钱不行呀。但这是大事，一定要和丈夫福根商量一下。

　　到了店里，一直由王玉贤负责按摩腰椎的中年妇女早已在那儿等着她，那妇女说王玉贤按得效果好，点名要她按。王玉贤与中年妇女客套了几句，就随她进了按摩间。晚上按摩店的人太多了，王玉贤到了十二点半才下班。听服务生说，刚有电话。她一看是丈夫打来的，便随手拨了过去，但对方无应答。王玉贤心想福根应该是下班休息了，明天再打吧。临走时，老板还特意对王玉贤表示感谢，让她考虑考虑工作的事。老板给她叫了一辆出租车，送她回家。在出租车上，王玉贤想按摩店的生意不错，要是自己来这上班，底薪加提成，一个月大概能挣三四千呢。

八

　　杨福根知道了一切，肠子都悔青了。第二天，媳妇没有起床做早饭。杨福根帮着丈母娘下厨，给一家人准备早饭。做饭的时候，丈母娘对福根说，她把玉贤养这么大，玉贤还没有这样伺候过她呢，玉贤是好人，希望福根不要嫌弃她。听了丈母娘的话，福根鼻子酸酸的。饭摆上桌，福根打发倩倩叫玉贤吃饭，可叫了几次，她都没有起来。老娘也坚持不吃。福根死缠硬磨拉起了玉贤，这才勉强吃了早饭。

　　倩倩走后，老娘还在絮絮叨叨，数落着儿子福根。福根就像是犯了错误的小学生一样，不停地点头。这时王玉贤换了衣服，简单梳理了一下，随后一把拉起福根的手，说要让他去看看"见不得人"的事，不由分说地出门了。

　　到了按摩店，王玉贤给老板介绍了福根："今天掌柜的回来了，来看看，让掌柜的给我拿个主意。"老板一听，王玉贤有意在这干，求之不得，一下子激动地跑前跑后招呼着杨福根。杨福根这才明白过来，玉贤是想让他来看看按摩店到底是不是他想象的那样。这时来了一位老大爷，王玉贤要求她来按，专门把福根拉进来在一边观看。老头颈椎不好，王玉贤让老人趴在按摩床上，给颈椎上铺了毛巾。用大拇指按压颈椎穴位，问老人什么感觉，力度怎么样？边按摩，边和老人聊天。杨福根开始尴尬地坐在一旁，不知说什么。后来也加入了媳妇和老人的聊天，他知道了许多老人容易犯颈椎、腰椎、关节和腿疼病，疼起来很难受，吃药、贴膏药来得慢，还是按摩好。

　　一大早，王玉贤一共按了三个人。杨福根看了按摩店的环境，了解了按摩师的工资收入。他觉得比开面皮店好，不用投资，按点上班，也不是很累。再说一个月收入三四千，也可以了。在县城，还能照顾老娘。王玉贤下班后，他们俩商量了一下，便签了劳动合同。

　　杨福根在回家的路上，给媳妇诚恳地道歉，赔不是。王玉贤也不是得理不饶人的人，知道是误会，也不再说什么。下午，两口子领上两位老人，去广场上逛。休息的时候，丈母娘又提出这两天要回山里，福根娘不停地劝。玉贤说："出来这么多天了，也该回去了。还不知道弟弟玉财在家里一个人怎么凑合过日子呢。"杨福根脑子里突然闪出一个好主意："玉贤，让玉财来县城学按摩！"丈母娘急忙反对："不行，不行，他哪有钱买房子？"福根说道：

"玉贤，让玉财先住家里，领到按摩店学着，试一试。学成上班了，要是觉得住一起不方便，就在附近租个房子。"杨福根觉得这个办法好，继续说："把老人接到城里，以后玉贤也就不用操心了。"玉贤仔细想想，觉得福根说得有道理。最让玉贤感动的是福根能主动想到自己的弟弟和母亲，心头涌现出一股暖流。她也开始劝母亲，就按福根说的办。

广场上微风习习，四周的花儿开得那么鲜艳，随风轻轻地摇摆。太阳慢慢落下，天边一片赤红，梦幻一般。

老矿工

一

小四川揭开锅盖，又看了一眼锅里热气腾腾的鸡块。

"再不来，鸡就煮趴喽！"

他一边抱怨，一边拿出酒具摆在桌子上。

今天是正月十五，郭世良班排约好的在今天聚餐。他们班排总共六个人。小四川是刚接班的学徒，因是四川人，工区都叫他小四川。他们主要负责矿山井下采场采矿作业。昨晚，采场放了大炮。采场一个月放一茬炮，自然要庆祝一番！全班排的人都到齐了，就差排长郭世良还没到。大家围着蜂窝煤炉子，嗑着瓜子，说笑，聊天，听见小四川的抱怨，大家也觉得奇怪，排长干啥去了？

郭世良一大早，看见有车下山，就急匆匆地搭上车，下山去了山岔镇。三岔镇距离工区八九公里，是距离矿山最近的镇。矿山的工人经常到镇上办事，买东西。郭世良到了山岔，先去邮局给家里汇了钱。郭世良昨天领了工资，留下一张一百元和所有的零钱，把剩下的七张一百面值的钱，包好装在贴身的衣服里，随时准备寄钱回家。

从邮局出来，郭世良进了山岔供销社，想着顺便买两条烟。郭世良经常抽不带过滤嘴的公主牌香烟。三岔供销社不带过滤嘴的公主烟一条五块钱，比工区商店便宜三毛钱。他每次都在山岔供销社买烟。为这事，工区不少人都笑话他为了省三毛钱，也不嫌折腾。听到大家的数落，他说，都是一样的东西，能省一分是一分。

买完烟，郭世良心里盘算着，今天白天休息，晚上才下井，下一趟山不容易，把能办的事尽量一次都办了，免得来回跑。这几天又闹肚子了，他想起来要去公司卫生所开些药。镇上到公司四五公里，来回有过往的拉矿车，随便搭上车，一会就到了公司卫生所。

卫生所的人都认识郭世良，那是因为三年前的一次误会。

三年前郭世良下山第一次到卫生所找大夫开药，大夫问他拿医疗证没有，郭世良说走得急没带。大夫仔细打量了一下眼前这个人，穿一身洗得发白的劳动布工作服，脚上是一双前面磨破了漏出脚趾头的解放胶鞋。

"老乡，这里是矿山公司的卫生所，只给工人看病，不给农民看，你到后面的村去看吧！"大夫怀疑郭世良不是职工，挥手示意他出去。

"我是工人，是工区的工人，走得急没带医疗证。"郭世良怯怯地辩解着。

"你是工人吗？工区的？那你的医疗本呢？"

"我走得急，没带医疗本。"

"大家又不认识你，我怎么相信你呀！"大夫不耐烦地说。

"你不信，你到机关去问问杨老板，我和杨老板原来还是一个队的！"郭世良继续辩解着。

卫生所经常有附近的村民冒充职工来开药，大家也见怪不怪了。眼前这个"农民"，要来看病竟然说自己认识杨老板！惹得大夫护士们哈哈大笑。

"走吧！走吧！你要是工区工人就把医疗本拿来。"郭世良就这样被推出了卫生所。

郭世良出了卫生所，心里觉得很窝火。

出了卫生所，郭世良径直去了公司办公楼。找到公司经理杨老板，说明了事情原委。杨老板给老郭写了张纸条，告诉他：

"老郭，医院大夫误会你了，下次看病记得带上医疗证。"

郭世良接过条子，连声对老板说谢谢！临出门时，杨老板给他发了一支烟，郭世良顺手夹在了耳朵上面。俩手握了手，郭世良随后离开了公司机关大楼。

郭世良拿上杨老板的纸条回到卫生所。"大夫，这是杨老板的条子。老板还给我发了烟呢，我没骗你吧？"郭世良边说边把纸条递给大夫。

"郭师傅，不好意思，我也是公事公办！"大夫不好意思地说。

"郭师傅，你和老板关系不错呀！我看看老板给你发的什么好烟？"郭世良从耳朵上取下烟给大夫看。

"郭师傅，你好福气呀！老板给你发的是云烟！你知道这烟多少钱一包吗？再说，一般人根本就买不到！云烟一包六七块呢！"

大夫边说边给郭世良开了药。从此，卫生所的人都记住了郭世良。以后郭世良不拿医疗本也能看病了。

郭世良听说这杨老板发给自己的云烟那么贵，舍不得抽。回到工区后，被小四川用一盒不带过滤嘴的公主烟给换走了。郭世良觉得好划算。

从此，郭世良被大夫误当成农民的事情，在公司当茶余饭后的笑话传开了。

一到卫生所，护士就打招呼："郭师傅，下山看病呀？"

"就开些药，闹几天肚子了。"

开处方，领药，签字，很快就好了。

郭世良出了卫生所，到公路上等车。没等多久，就搭上一辆上山拉矿的车。司机是车队的小刘，认识郭世良，一路攀谈起来。

"郭师傅，昨天公司发工资，今天下山大采购呀？这个月领了多少钱呀？听说工区工资高。"郭世良说："采购什么呀，没啥买的，工资不多呀，总共七百多。"

"七百多，很高了！我这月才领三百多块！"小刘愤愤地抱怨。

"慢慢来吧，我刚参加工作时一个月才发十七块五。"郭世良用手比画着。

小刘司机拿了支金丝猴烟，让了郭世良一下，郭世良摆摆手："不抽，不抽。"郭世良问小刘:"金丝猴多钱一盒?你一月抽几条?"小刘说:"一包一块五,一月两条,有时候两条还不够。"

郭世良在心里盘算,按小刘的说法,这一个月的工资都抽了烟?怎么可能呢?反正也想不明白,郭世良眯起眼睛,想着自己的心事。

二

郭世良刚过五十二岁,老婆孩子在老家勉县。工区大多数老工人都和郭世良一样,家在农村,自个儿在外面当工人。郭世良家里还有一个八十多岁的老母亲,两个孩子都是男孩,大的上高中,小的上初中。过完春节临走时,老婆再三叮嘱,到工区一发工资就给家里寄钱,家里计划盖楼房。郭世良和老婆从去年就开始备料,砖和楼板都买好了。老婆在家就等着寄钱回来,把沙子买了,材料就差不多了。等到开春三月天气暖和后,就可以破土动工了。

郭世良所在的村子里,有三四户人家盖起了二层楼。农民嘛,一辈子就图个房子。在二十世纪九十年代初期,哪家能盖起一栋二层的房子,那是很了不起的事。最让老婆耿耿于怀的是,同村的王连喜年前就把房子盖好了。一家人新年住进新楼房,美滋滋的,连走路都像脚下生风似的轻快,逢人乐呵呵的。郭世良老婆见了王连喜,笑骂道:"盖个楼房,看把你骚轻的,走路都不会了!"

王连喜小郭世良一岁,两人是一起长大的发小,同年当兵,当了四年铁道兵,一起转业到了矿山。王连喜在工区是爆破工,他俩在工区平时关系很好,住一个宿舍。两人有一个共同的特点,就是太"节俭"。常年都穿洗得发白的工作服,都抽不带过滤嘴的公主烟。两人还搭伙做饭,说是工区食堂饭菜贵,自己下班有的是时间,再说自己做的饭也可口,熏肉、泡菜和豆豉都是从家里拿来的。

郭世良和王连喜有一绝,在工区是出了名的。冬天,用蜂窝煤炉子取暖,做三顿饭,一天只烧三块蜂窝煤。工区其他人真是望尘莫及,不服也不行,一天三块蜂窝煤，真是奇迹！工区发的供职工冬季取暖的蜂窝煤，要是开火做饭的话，其他职工都不够用，他俩却年年有结余，把节省下来的蜂窝煤还卖给别人。

他俩种的菜除了自己吃，也卖。郭世良和王连喜除了节俭出名，勤快也是很出名的，下了班，就去菜地忙活。他俩开荒是最多最大的，有好几片菜地。种的菜吃不了，有时送人，有时卖。后来大家都知道他们卖菜，也就都要开钱，不再白吃。

三

回到工区，看看表已经十一点半了，郭世良没有回自己宿舍，直接去了聚餐的地方。

在大家的埋怨声中，郭世良撕开一条烟，给班排的师傅们一个一个发了烟，嘴里不停地解释："对不起，看着有下山的车，就下山寄钱去了。"班排六个人都到齐了，菜已经上桌摆好，小四川也早已给各位师傅的酒杯里斟满了酒。

郭世良端着酒杯站起来说："今儿个正月十五元宵节，人常说'小初一，大十五'，算是大节日呢！咱们今儿个班排人也齐，难得在一起过个节，昨天采场放了炮，大炮一响，黄金万两！来！祝大家节日快乐！大家使劲吃，放开喝！干杯！"

"干杯！节日快乐！"

大家又说又笑，相互敬酒，祝福。

工区，是矿井坑口的工作场地、单身职工的宿舍区和办公的地方，也是矿山公司最大的生产单位，主要是采矿。工区远离公司本部，平时住在这里的矿工和家属有近两百人。工区有一个电视房，大家了解外边的世界只有通过电视，不过电视时好时坏，老工人们也不大爱看电视。矿工们在一起聚餐，酒桌上的话题，无非是些道听途说的"新闻"。今天又是曹师傅先开了口：

"你们听说没有？汽车队司机小高，买了一套高级组合音响！你们知道花多少钱吗？"曹师傅吃口菜，卖了个关子。大家好奇地嘟囔："快说，到底能花多少钱？"

"四千八！"

曹师傅喝口酒，眼睛环顾四周，看到其他人惊讶的表情，老曹就像是哥伦布发现新大陆一样，为他知道这个"爆炸性"新闻而自豪。

"组合音响不就是放音乐的吗？吹牛！我外甥前几年买了一个双卡录放机才一百多。放歌曲，听戏，好得很！"郭世良反驳道。

"老郭，这你就过时了，组合音响能放DVD，能唱卡拉OK？听说家里的墙上四个角都安装音箱，什么低音、高音的，什么大炮，反正挺复杂的，"曹师傅自豪地说着。

小四川给大家普及了一下有关知识，什么是DVD、卡拉OK和高低音炮。小四川讲得眉飞色舞，大家听着还是稀里糊涂，一头雾水。

"不管是什么组合音响还是录放机，作用都是放歌、听戏的，花四千八百块，哼，相当于老子半年的工资呢？又不能当饭吃，打死我也不买！喝酒，喝酒！别扯那些没用的！"郭世良不屑地说。大家附和着："就是，就是，年轻人有两个钱都是烧的！干杯、干杯！"

小四川突然说，前两天他听说，公司供应科的马科长家里都铺上地毯了！进他家屋子，还要脱鞋呢！

李师傅端着酒杯说："进门脱鞋，那不麻烦死了！科长家咱也不去，要是让咱工区的张老八去，鞋子一脱，满屋子人都得给熏跑了，哈哈……"

"哈哈，哈哈，老李真逗！张老八的脚是真臭！还有，你说家里来人嗑个瓜子，掉地毯上，笤帚恐怕扫不出来吧？"郭世良笑着说。

"我听说马科长的老婆在外面抱怨呢，说是铺个地毯，给折腾坏了，洗的时候要拿到操场上，接上水管冲。还是刚才谁说的，都是有钱没地方花，钱给烧的！就咱们这地面铺上砖，不是挺好吗？掉个东西也好清理，随便吐口唾沫，也不用出去。"曹师傅说完，大家纷纷指责他，让他以后不能随便吐唾沫了，注意个人卫生。曹师傅争辩着："说马科长呢，怎么都埋怨我？"郭世良看场面有些乱，端起杯子说："好了，少说别人的事了，和咱没一毛钱关系，自个儿挣钱，自个儿花，各人的花法不一样嘛！来喝酒，喝酒！"

放下酒杯，郭世良给大家散烟。

小四川："郭师傅，你总抽'平公主（不带过滤嘴的公主牌香烟）'，挣那么多钱怎么花呀？成天穿工作服，种菜，我算了一下，你一个月抽烟、吃饭加零花，总共花不到一百块钱，你一个月工资、补贴加上材料结余奖，至少开八百多块呢！师傅，你省吃省穿的，为啥子？"

郭世良："你小子，单身一个，一人吃饱，全家不饿。我上有老、下有小，都等着我的工资呢！喝酒，喝酒！"

大家相互碰了杯，说了些祝福的话。

小四川："工区几十号老工人，哪个不是养活一大家呀，就你和王连喜知道过日子！我说郭师傅，日子要过，也得想开些，该花就花呗！今日有酒，今日醉！"

正说话间，王连喜推开门，探了一下头。

"老郭，就说找不到你人，原来你们聚餐呢。"

"老王，进来，进来！刚还说到你呢，陕西地方邪，说谁谁就来！进来喝一杯！"郭世良说着，起身拉王连喜的手。

其他人挪了挪身子，腾出地，放了凳子，桌子上也摆上了筷子。

"打扰你们啦，我吃过饭了。昨天包的饺子，热了一下，吃得饱饱的，老郭，我一会去材料库，找老陈领火柴。早上老陈下山拉材料去了，我过去几趟他门都锁着。现在是饭点，估计他回来了，我领了火柴就上班了。老郭，我洗了衣服在外头晾着，要是下雨了，你帮我收屋子里去。一会儿上班，不敢喝酒，你们吃，你们吃。"王连喜边说边推脱着往外走。

"王叔，怎么还领火柴呢？一盒火柴一毛钱，不行我送你一个打火机！"

"我是爆破工,你娃儿知道我一个班要放多少炮呢?我给工区干活,要你打火机做啥?"王连喜有些生气地说。

郭世良连忙接过话茬儿:"老王,小四川胡说呢,该领就领,凭啥不领呢?衣服你放心,要下雨我就给你收了。你来吃块鸡肉!"

王连喜摘下安全帽,没有坐,接过小四川递过来的筷子,在碗里夹了一块鸡肉。

"好吃!好吃!还是乌鸡呢。好了,你们吃吧,我去找老陈了。谢谢,谢谢!"王连喜还没咽下嘴里的鸡肉,便放下筷子,夺门而出。

郭世良追到房门外,看着王连喜已经走远。

"老王,看你这人。算了,那你去吧。要下雨,我给你收衣服,放心吧!"

郭世良进屋,他们几个都在说笑,笑得很开心。

"你们是不是又在笑话我和老王吝啬呐!"郭世良坐回桌子。

大家一起举杯,都干了。

郭世良放下筷子,对大家说:"我告诉你们,老王年前在家里就盖了一栋二层楼房,我们村子里也只有那些包工头才能盖二层楼,在我们村可气派了!"

郭世良点上一支烟,继续说:"我们挣钱、省钱为啥?不就是为了养家。回到村里像个样子嘛。你平时不细一点儿,哪来钱?拿啥盖房呢?不盖房,娃连个媳妇都娶不到!"

"老郭说得对,我一天胡吃海喝,抽烟,打麻将的,和老郭、老王挣得钱一样,人家盖二层楼,我连想都不敢想。每次回家,老婆就骂我!气死我了。"老李说完,端起一杯酒,一仰头,干了。

"不过老李一天日子过得很滋润!"曹师傅向老李竖起大拇指。

老李,是城固县人,平时不委屈自己,该吃吃,该喝喝,下班就喜欢玩。年轻人打台球,他都要凑跟前学,每次都要戳两杆。老李最爱打麻将,不管谁组织打麻将,老李每求必应,老李常说的一句话就是"救场如救火",工区人给老李送个外号"李专家",不是打牌技艺高,而是八小时之外基本"专门"

打麻将（搬砖）的意思。

"老李潇洒！"大家附和着，又干一杯酒。

李专家放下筷子，抹了抹嘴，继续说："不过话说回来，挣工资是用来花的，我是先花了，享受了再说，儿女自有儿女福，莫与儿女做马牛！"

"精彩！专家叔高论！为专家叔的革命乐观主义干一杯！来，干杯！一起来！"小四川端起杯子激动地邀请大家。

一桌人都一饮而尽，不过郭世良还是边喝边摇头。

郭世良看盘子里的鸡肉有些凉了，也快没了，让小四川再去盛些热的。小四川连忙答应着。

四

小四川揭开锅盖，正要盛菜，听见一阵巨大的机械碰撞声传来，他朝身后望去，看见斜坡道上矿车飞驰而下！卷起一溜尘土。

"哎呀！出事了！斜坡道飞车了！"小四川大喊起来。

屋里的郭世良、李专家一伙也听到响声，经小四川一喊，都急忙跑了出来。

工区的人都从屋里出来，站在门口向斜坡道下面张望。斜坡道是从材料库到坑口的运输材料的轨道。

有人已经急匆匆往材料库方向跑。工区主任也招呼值班长张老八，让他赶快去看看，出了什么事？

李专家眯着眼睛瞅了一会，做一个招呼大家回屋的手势，说道："矿车飞下来没事，有材料库挡着呢，回屋，喝酒！是谁这么不小心，过个节都过不安生！"大伙听老李这么一说又回到了酒桌。

这时，屋子外面传来了嘈杂的喊叫声。郭世良说了句："不会出啥事吧？还是去看看！"

刚一出门，就听见值班长张老八大声喊叫："出事了，矿车碰伤人了！快喊苟大夫上来！"

张老八撕心裂肺地喊叫,震动了整个工区!所有人疾步奔向材料库方向。郭世良和他们班排的六个人一路小跑,到材料库前面,远远看见在公路的转弯处,围了一堆人。

郭世良挤进人堆,惊呆了!躺下的是王连喜,身旁一摊血!苟大夫正在翻王连喜的瞳孔。大家屏住呼气,目光集中到苟大夫的表情上。苟大夫看完瞳孔,又一次摸摸颈部的动脉,摇了摇头,低声对身边的主任说,不行了。

工区的值班车早已停到了附近,主任安排:"快把人抬上车,送医院!苟大夫一起去。"

年长的几位老工人把王连喜用担架抬上车。苟大夫扶着王连喜,车厢站了七八个人一起扶着担架。车辆急速启动,下山。

郭世良瘫坐在地上,小四川扶着他。半晌说不出一句话。

张老八过来拉起张世良,附在他耳边低声说:"快一点儿,主任找你,老郭!"

主任和所有管理人员在办公室门前,张老八凝重地给大家介绍:"施工队两个人从斜坡道计划运材料,没发现矿车间的连环没有挂好,往下放矿车,结果一辆矿车就沿斜坡道飞下来。从现场的情况来分析,是矿车飞下来直接撞到材料库的墙上,再反弹回来后,撞了王连喜。据库房管理员老陈介绍,王连喜领完火柴出门,估计刚走在公路上就出事了。"

主任把郭世良请到办公室,告诉郭世良:"事情的经过你都清楚了,人已经没救了,很不幸呀!叫你来的原因是,你和老王是同村,也是关系比较好的,安排你现在出发去老家,把王连喜的亲属接过来,处理后事。"

郭世良来的路上也猜到了主任的意图,主任安排后,他点点头:"好吧,我准备一下就出发。"

五

工区按惯例对家属进行了后事处理,除经济补偿外,王连喜的儿子接了班。郭世良这几天陪着王连喜亲属，一直到入殓，火葬。他收拾整理完王连喜的遗物，最后把王连喜亲属送回了汉中。

郭世良本来就黑瘦，经过几天的奔波，愈加瘦弱。回到工区后，和工人们见面时，握握手，拍拍肩，没有太多的语言，只是简单的问候："安顿好了？""家属都回了？""这几天忙坏了，你也多休息。"……

王连喜走了，留下郭世良一个人住。三天了，郭世良也没有上班，依然是神不守舍，进进出出时嘴里小声嘀咕着什么。工友们都来宿舍陪他，郭世良一般不作声，木木的只是抽烟。大家说些安慰的话，他似听非听，有时点头，有时陷入沉思，很多时候都是自己一个人坐在宿舍里发呆。有人去了，把他叫出来，在宿舍门口陪着说说话，郭世良依然不吱声。坐在凳子上，眼睛长时间盯着地上。也不做饭，小四川每次从食堂打了饭送过去，他也是吃两口就不吃了。

班排的人议论着，担心郭世良的身体，商量着一起劝劝他。于是简单弄了几道菜，备了酒，又让李专家出面，把郭世良硬拽了过来。老郭还是木木地坐在桌子旁，也不动筷子，像犯了错误的孩子，一言不发。

李师傅开始说话："老郭，大家知道，你们是一起长大的，是战友，同事。老王走了，你伤心、难过，大伙都理解！我们也为老王惋惜，难过呀！你看你，这些天人都熬得没个人样了，我们看着你心疼！大伙担心你这样下去会累坏身体。你不吃、不说，你知道大家心里多难受吗？"说完，老李也不招呼大家，自个儿端起杯子，干了一杯酒。干完，重重地把杯子放下。大家都不说话，也不动筷子。老李自个儿拿起筷子，夹了一口菜，又开始说话：

"人不在就不在了，我们还要活下去，还要好好地活下去。老郭，你看大家都不动筷子，你是不是要大伙和你一样不吃不说话呀？要是咱们不吃不说话，老王能活过来的话，谁不愿意呀！"

"老王是好人呀！怎么偏偏是他！老王走路都怕踩死个蚂蚁，好人，真是个好人！"郭世良终于开口说话了。

"老王是好人，工区人都知道。那矿车又没长眼睛，就算矿车长了眼睛，也不管好赖呀！意外，就是意外事故，偏偏让老王碰上了！"老李继续劝着。

郭世良终于忍不住，推开凳子，蹲地上号啕大哭起来……

老李示意大伙出去，留下小四川在房里扶着郭世良。

老李和大伙在屋子外面抹眼泪，也不说话。哭出来，就好了。

六

郭世良半夜两点酒醒了，头还有些晕，也不知道自己是怎么回到宿舍的。口有些干，下床喝了口水。脱了衣服，躺回床上，思绪万千，翻来覆去，睡不着了。郭世良的脑子里，依然是王连喜的影子。自言自语道："老王呀，你怎么这么倒霉？说殁就殁了！你呀，春节在一起喝酒的时候，你还说，这家里的楼房盖了，就算了了一件大事。可是，你就这样急着走了，扔下老婆孩子，这可怎么办吗？我知道，你和我一样，都是苦命的人。吃苦一辈子，没有享几天福呀！你这一走，有多可惜呀！亏呀，王连喜你走得亏呀！"

郭世良回想起一件事，正月初三家里招待客人的时候，老伴年前就给他买了一件羽绒服，过年的时候劝他穿上，新年图个吉利，他坚持不穿，还嫌老伴乱花钱，说："既然买了就留给儿子以后穿吧。"老伴生气地说："前年工区发的羽绒服给儿子留着呢。"初三早上，老伴把他棉袄上套的工作服给取下来扔脸盆洗了，说："老头子，今天家里待客，外甥、侄子都来给你拜年来了，你乖乖把新羽绒服穿上，别犟了！"郭世良还是不穿。老伴说："反正我把你那几件破工作服都给洗了，看你咋办？"郭世良气得直跺脚。最终，郭世良穿着没套外套的粗布棉袄，屋前屋后，来来回回，边走边嘟囔："这败家的娘们。"客人来了，老伴给郭世良的大姐告了一状。大姐已经六十多岁了，听完，狠狠地教训起郭世良：

"你一个吃公家饭、挣工资的人，一天到晚穿个工作服，也不怕村里人笑话。再说，你媳妇已经给你买了，钱都花了，不穿不浪费呀！去年，刚娃给你从南方稍回来一个什么电动刮胡子的，花了孩子好几百块钱呢，娃好心送给他舅，结果说啥都不要，还把娃给骂了一顿！成天就知道细，不知道给自个儿花，你也五十好几了，不花钱等啥时候？小心你有命挣钱，没命花钱。"大姐越说越难听！大姐说的刚娃，是大姐的大儿子，郭世良的外甥。

郭世良翻了个身，仔细想想，老王走了，不就是"没命花钱"吗？一想到这里，身上一哆嗦，冒一股寒气！其实，郭世良也知道，这些年，因为自己节俭，没少被人笑话！自己是不是有些过分了？总担心家里用钱的地方多，要盖房，要供学生读书，将来还要给儿子娶媳妇，一想到这些，郭世良又觉得自己没有错。像这样的纠结，在郭世良内心反复了无数次。老王的死，让他又开始思考这个命题。那别人呢？怎么就不担心以后的日子吗？你看看人家该吃吃，该喝喝，穿得很像样，在人面前一站，多体面。不像自己，不爱去人面前，躲着人群走，是不是自己过于担心以后的生活，被以后的压力吓住啦？

郭世良想到这里，就像牛顿被树上掉下来的苹果砸了一样，心里豁然一亮。他下床又喝了一杯水，索性坐下来，点了一支烟。这些年，自己苦自己不说，老婆和两个孩子也跟着自己受罪。家里日子过得很节俭，和老婆结婚这么多年，很少给她买新衣服，儿子上高中，说了多少次，要买辆自行车，自己都舍不得买，儿子每周步行十几里到学校，越想，郭世良心里越不好受。

七

不知不觉，天已经亮了。郭世良穿好衣服，简单洗漱后，沿宿舍后面的盘山公路散步去了。工区还在一片沉寂中，没有几个人起床。

这时，郭世良隐约看见，有人从食堂朝他这里走来。到跟前郭世良认出了，是一位提着篮子的中年妇女，星红铺的农民，经常来工区卖鸡蛋。

"咋这么早就来卖鸡蛋？从星红铺到工区十几里路呢，你是半夜走的吧？"郭世良和中年妇女打招呼。

"是郭师傅呀，起这早！孩子夜里病了，准备去山岔医院给看病。担心看病钱不够，孩子他爸用架子车拉着孩子先走了，我赶紧到工区把鸡蛋卖了，还要赶过去。郭师傅，你看这食堂老李还没来，你要不要鸡蛋？我知道你平时养着鸡，不买鸡蛋的。"中年妇女也认识郭世良，知道他平时从来不买鸡蛋，人很吝啬，有些失望。

"说啥话呢？孩子病了，你也着急用钱，我买了。多少个？多少钱？"郭世良想着妇女要给孩子看病，急用钱，碰上了，自己一定要帮的。

"郭师傅好人呀！共五十八个鸡蛋，人家卖两毛二一个，郭师傅我着急用钱，给你便宜点，十二块七毛六，你给十二块五毛钱好不好？"中年妇女眼巴巴瞅着郭世良。

郭世良从上衣兜里掏出二十块钱塞给妇女，说："鸡蛋我全要了，钱不用找了。快去吧，孩子看病要紧！"妇女过意不去，眼泪都流下来了，感激地说："谢谢！谢谢！好人啦！好人啦！"

妇女一路小跑，下山了。看着妇女的背影，郭世良也不知道刚才自己大脑里怎么会冒出这样的决定。回宿舍，放下鸡蛋，走向房后的公路。

山里的清晨有些冷，此刻，郭世良感到一种莫名地放松。他点上烟，慢悠悠地走着。多少年了，还没有这样悠闲地散过步！路边的迎春花已经开了，黄灿灿的，让人心动。晨间的树林里，鸟儿叽叽喳喳，仿佛和他打招呼。微风吹着，郭世良的大脑感到异常的清醒。一会儿工夫，郭世良就走到了山路转弯的大石头附近。这里视野开阔，可以看见山坡低下的田家院。田家院是个自然村，住了几户田姓的人家。这时太阳冉冉升起，东方的天空被朝霞染得火红。晨雾中，田家院已经升起了袅袅炊烟。在这里工作已经十几年了，郭世良第一次感到这里的山水如此迷人，如此美好！

郭世良请假回了勉县老家。路过勉县县城的时候，给老娘、老婆和两个孩子分别买了日用品、衣服等礼物。这是郭世良破天荒的第一次。买好礼物，想到家里人会惊讶，高兴，心里暖暖的，有一种成就感。买好了回村的汽车票，在等车的时候，看到街上一家卖米皮、菜豆腐的，便进了店里。

米皮是现蒸的，热气腾腾。郭世良夹一条热米皮放进嘴里，柔滑爽口，轻轻一嚼，很筋道。他一口气吃完了米皮。然后，夹一块菜豆腐，在吃完米皮的料汤里一蘸，送入口中，酸酸的，爽口！这就是郭世良的吃法。早就听说勉县的米皮、菜豆腐有名，他从来没在街上吃过，也不相信，今天一吃，真是名不虚传！探亲回家，老婆在家有时也张罗着蒸米皮，他每次都抱怨，好好的米，蒸米饭多好，米皮有啥好吃的？久而久之，只要他在家，老婆也就不张罗蒸米皮了。不给孩子买米皮吃，还不让在家里做。为这事，孩子们经常私下嘟囔。

从小饭店出来，上了班车，大概有半个小时就能到家了，郭世良眯着眼睛想起了心事。

几乎每一次他都是和王连喜一起回家的，今天只有他一个人。内心思绪万千！活着，就是一种实实在在的幸福！家里老小一大家人，指望着自己。是呀，要工作，但工作不是生活的全部。珍惜每一天，生活好每一天，不要总想着将来，先过好现在的日子吧！郭世良还在回味米皮、菜豆腐的味道，心里计划着，下一次一定要带家里人来勉县，让大家也尝尝这一家的米皮、菜豆腐！尤其是要把老娘带来。

班车颠簸在回村的路上，郭世良在微笑中睡着了。

回到家，老婆傻眼了，心想这老头从来没有买过东西，今天真是太阳从西边出来啦！一边穿新衣服，一边唠叨："钱花光了，拿啥买沙子？啥时候盖房？"郭世良坐在院子的凳子上，点了烟，平静地说："盖房不急，慢慢来，咱要先过好每一天！"

郭世良问老婆衣服好看不？老婆高兴得合不拢嘴，直夸他有眼光。说着进屋拿来那件羽绒服，递给郭世良。郭世良不再推脱，穿上后，老娘、老婆都夸精神多了！老婆高兴地说："一会儿给咱打些米浆，蒸米皮吃，孩子们吵吵几天了。"

"老婆，不用了，明天是星期天，勉县有集市，咱一家人逛县城去！"老婆以为听错了，先是惊讶，后来又说："跟你逛街没意思，啥都舍不得买，干嘴硬腿，没意思，不去。"

"我今天去吃了米皮、菜豆腐，那家做得太好吃了！明天去，都去。"

老娘一看儿子像变了一个人似的，也乐呵呵地说："多少年都不去勉县了，上次在勉县吃米皮，还是你爸在的时候，大概有五六年喽……"

听着老娘的话，郭世良感到脸上发热。拿了电壶给老娘杯子添了热水，边帮老娘揉肩边说："明天去，明天一定去！"

老娘和老婆笑出了声，齐声说："好吧，好吧！听你的！"

夕阳西下，好久没有和家人度过这么悠闲的时光了，平时都是急匆匆地忙里忙外，哪有清闲的时候，郭世良突然觉得现在这样不是挺好吗？于是，喊老婆把刚娃过年送给他的茶拿出来，给自己泡了一杯清茶。老婆手里做着针线活，老娘拿了橘子准备给大家剥，他心里突然涌上一股暖流。对一个老矿工来说，这一刻是多么温馨和满足！

郭世良心想，眼前这一切，不就是幸福吗？

落日黄昏

一

六月的关中平原，正是小麦夏收的季节。如今，收割小麦都采用大型联合收割机了。机子开进麦田，收割、脱粒、分离茎秆、清除杂余物等工序依次完成。再跟一个拖拉机，直接将打好的麦粒拉回家，稍作晾晒就行。收割一亩麦地，也就二十几分钟的工夫。村子里的老人回忆说，现在快是快，但却没有了从前"龙口夺食"的热闹、紧张场面。

秦家庄是关中西部的一个自然村。老庄的街道是南北方向，据说过去还各有南北两个门楼，庄子东西外围是长条的城壕。城壕，在过去是防盗、防土匪的。小的时候，城壕很深。现在很多人都搬到了新村，新村在村子往北的方向。新村规划很整齐，街道都打了水泥路。可是，新村里，总是没有老庄热闹，老庄多是些老年人居住。有些搬到新村的老年人，每天还要来老庄转上好几趟。因此，秦家庄老庄子，除了房屋陈旧以外，还是聚人气，热闹。

下午七点，天开始麻黑。秦家庄老庄的街道，散落着三三两两纳凉的人们。村子北头的商店门口，是人员常聚的地方。这里是秦家庄的消费、经济中心，也是舆论"阵地"。这里自然是老李的世界。老李坐在商店门口的石头上，一只脚踩在拖鞋上，跷起二郎腿，悠闲地抽着烟。

儿子李飞一大早从西安回来，风风火火地张罗着，联系好收割机，一口气收完了五亩麦子。留下一年的口粮，其他直接卖给了镇上的面粉厂。李飞小声对老李说，镇上面粉厂厂长是自己的同学，不管三七二十一，拉去就收，也省得你一个人在家晾晒。老李心里知道，如今夏收，要说最"重"的活，就是晾晒！他也觉得这样最好，省得他天天忙活了。留下的口粮，用拖拉机拉回来，直接倒在门前的水泥路上，晾晒两天就行了。忙完这些，李飞告别家人，说单位工作忙，就急匆匆赶回西安了。

老李在太阳落山后，把门前水泥路上的麦粒收起来，装了袋子，依旧放在路上，等明天再摊晒。老李感慨着：

"过去农业社的时候，从六月初到七月底，收麦、碾麦要忙活五六十天呢，现在一天就结束了。社会发展了，好呀！"

"要在旧社会，割麦子用镰刀，碾麦子用牲口拉着石碾子一圈一圈地转，夏收至少得三个月时间呢！"旁边的杨木匠附和着，大家点点头。

杨木匠大老李十岁，两人却是好朋友。

"老杨，我上午去地里，你家的麦子还没割吗？地里只剩下你家的还没收，是不是等女婿呢？"老李突然问。

"老大前几天不让我一个人弄，说他们回来也就是半天的事。现在也方便，三个女儿都打钱了，我明天叫收割机，一天就弄完了，不急，不急。"杨木匠走过去给老李发了一根烟，点了火，拍拍老李的手背。

杨木匠，没有儿子，三个女儿都结婚了，常年在外地。老伴害病，已走了三年。女儿都叫他住城里去，他就是不肯去，坚持住村里。虽然七十多岁的人了，但身体没大毛病，还算精神。

杨木匠心里知道，三个女儿也都有了孩子，在城里负担重，工作忙，所以今年他执意不让大家回来。老大、老二远在深圳，小女儿一家在西安。小女儿和女婿早就答应老杨，等他们回来了一起收麦，千万别一个人弄！小女儿的孩子今年高考，今天下午小女婿突然打来电话，说孩子高考没考好，一家子心情不好，连饭都吃不下去。这几天急着报补习班呢，回不来了。问老人一个人收麦子行不行？杨木匠安慰说："没事，我一个人能成，娃上学是大事！"

二

第二天，天阴下来，预报要下雨。老李一大早就去催杨木匠赶快联系收割机，要不就麻烦了。来关中收麦子的收割机都是新疆的。关中平原的小麦，由东往西成熟，收割机也就由东往西地赶。听说，昨晚村子里都连夜收完了。一大早，收割机大都去了西边岐山、凤翔一带了。老李和老杨骑上电动车一直找到岐山县城附近，有一台收割机在那里工作。任凭老李、老杨两人说破嘴，司机死活不答应走回头路。这些收割机都是二十四小时作业，听说要变天，大家都急着给自家收。要给老杨割麦，人家还要专门往回走，搭不起这工夫。

眼看要黑天了，收割机还没联系好。杨木匠一着急，直接躺到收割机前面，挡住收割机，你不跟我去，我就让你也干不成！这一闹，周边的人都围了上来。大家一听，老杨家还在东面十几公里的秦家庄，这不开玩笑吗？早干啥去了？收割机从东往西割，谁为了你一家专门回去呀。围上来的人越来越多，收割机让杨老头挡住了，眼看自己家的麦子也割不成了，急得直跺脚。人们先是好言劝说，人多嘴杂，人群里的话越往后就越难听。收割机司机也没辙，蹲一旁打起盹来。

最后过来几个年轻的小伙，干脆把杨木匠硬抬到一边，让收割机开走，又"突突突"工作了。老李扶起杨木匠，安慰他说："老哥，也不怪人家。唉，没办法了，回吧，回去再想办法。"

两个老头回到村里已经天黑了。老李说："你就二亩麦子，我看明天不一定下雨。晚上把镰刀取出来，磨一磨，多叫上几个人，大伙帮帮忙就收了。"

后半夜就下起了雨，一连下了三天。杨木匠眼看着二亩麦子收不了，垂头丧气，懊悔不已。天晴后，正好有一辆过路的收割机，因为前几天坏了，才维修好。给老杨把二亩麦子收了。可收回来的麦子，大都发了芽。

老杨只能怨自己，三个女儿每年都坚决反对他种麦子，可他就是不听。当了一辈子农民，务了一辈子庄家，怎么能停下来呢？这是老杨坚持种麦的理由。

大女婿给他算了一笔账。二亩麦子丰产了,也就打两千斤小麦,全卖了也就两三千元,划不着。不够他来回的机票。这还不算种子钱,不算三次打农药的钱,不算冬季天旱灌溉的费用,不算收割机费用,不计人工……

老李几天不见杨木匠出门,上午便去了他家。哥俩点上烟,边抽边聊起来:

"几天不见你出门,成天窝在家里,咋回事吗?麦子发芽就发芽了,烙饼子还甜呢!"老李安慰杨木匠。

"老李,不是芽麦的事。造孽呢!造孽呢!咱祖祖辈辈都是庄稼汉,看着造孽呢!"杨木匠叹息着。

"娃们不让种地,那你说,咱干啥去?忙碌一辈子,闲下来就不舒服。"

"我有一天,路过镇上的敬老院,沿墙根蹲一排老人。见个人过来,几十双眼睛一直盯着看,直到看不见影子。我看到那些人,我说他们不是在晒太阳,而是等死!你不让我干活,让我和他们一样等死吗?"

"老哥!年龄不饶人,老了就要服老,老了就要休息。咱农民也要像工人一样,到点退休。"

"人家工人退休有工资,工资还多。不过农民现在政策也好了,七十岁的人每月发七十多块钱。种地不交税,还有补贴。再说,三个女儿、女婿都隔三岔五地寄钱回来。不差钱,就是闲不住的命。"杨木匠添了茶水。

"所以老哥,现在社会这么好,咱要把咱身体弄好。身体弄好了,自己享福,也暂时不给子女添麻烦。老哥,我给你讲个笑话。"

"什么笑话?"

"你记得村子南头第二家的杨义不,比我大,比你小。想起来了吧?杨义原来在麟游煤矿上班,媳妇在村里务农。前年杨义退休了,听说退休一月要拿四五千块钱。两口子都不敢给人说。自从杨义退休回家后,老伴天天和他吵架。后来,那杨义干脆就回到原单位一待,死活不回村上了。这杨义的老婆气呼呼找到煤矿,扬言杨义不回来就离婚,这日子没法过了。后来听说煤矿一个领导说了一句话,那杨义老婆再也不闹了,还给杨义道歉、认错,回来后，现在对杨义可好了！"

"别卖关子了，我就不信那领导一句话就管用？"老杨满脸疑惑。

"人家领导问她，你养一头猪，一年能挣多少钱？杨义老婆说，也就挣一二百块吧。你说老杨师傅退休毛病多。你这样吧，你回去后，把杨师傅当猪来养，怎么样？只要给他吃，给他喝，只要他不死，公家每月都给他四五千元，相当于你养多少头猪呀？但你要把他一下子气死，就没了这每月的四五千块了。杨义那老婆听完领导的话后，想了想，还真是那么个理。老哥，你说你服不服？"老李笑着指着老杨问。

"话丑理端！话丑理端！"老杨感慨起来。

说着，杨木匠拿出泡好的衣服，一边说话，一边搓起来。老李又开始埋怨杨木匠不会享受，连个洗衣机都不买。杨木匠指了指墙角，说："小女儿前年给买的，不会用，老了，太笨了。"

三

金林他妈死了。

金林家门口围得水泄不通，门前还停了一辆警车。

金林妈死在老屋。医生分析说，都死好几天了。有几个邻居议论着，就说好几天不见出来，都以为被邻村闺女接走了。听说人都臭了，大夏天的，能不臭吗？有人闻到味，才发现的。一会儿医生走了，警车也开走了。

金林回来了，开始张罗老妈安葬的事。

老太婆今年七十二岁，一儿一女。女儿嫁到邻村万阳，儿子一家在太白林业局上班。独门独院，为了照顾老太婆，金林给老妈请了邻村的一个妇女，伺候老人的生活起居，老太婆平时和保姆在家。

事情说来也怪。这几天保姆回家收麦，老太婆说她一个人在家没事。女儿几乎是每天一个电话问平安，这几天一忙没有打，可偏偏就出事了。女儿一听她妈没了，哭得天昏地暗。

在关中安葬老人是一件极其隆重的事，尤其是关中西部，武功为界，武功以西，统称"西府"。一般人死后，要在家里放五至七天。先是给亲戚报丧，报丧的人是不能进主家院门的。亲戚知道后，要立即前去吊唁。家里面要请"阴阳先生"。先生来了，第一件事是出"门牌"，就是"讣告"。"门牌"是在一片席子上张贴纸张，写上亡人的生卒、生平简要。还有孝子孝孙以及五服以内的胞、侄子孙等。要载明入殓、下葬、头七、二七一直到尽七的日子。第二件事就是选墓地。每一个村子都有一个公坟，也就是一片地，供土葬。安葬老人是大事，要全体家族来组织。现在村子里人少了，需要村子里的人，成立一个分工明确的组织来完成。安葬老人，一般要请乐班，也叫"自乐班"。乐班里有吹鼓手，吹鼓手主要是迎接前来吊唁的亲戚朋友。在祭拜的时候也吹，高亢悲伤的曲调烘托人们哀伤的气氛。乐班每天晚上还要唱秦腔，一般都是折子戏。在过去，由女婿、外甥等主要亲戚现场点戏段，唱完一折，再点下一折戏。现在是大包了，一直往下唱，唱到十点多结束。安葬老人是关中农村最大的事，事过得好不好？热闹不热闹？关系到家族的荣誉，甚至关系到子女是否孝敬老人。谁家的丧事办得好不好，乐班的规格和演唱是最重要的评判标准。在关中的丧事中，人们十分重视乐班的人数、演员的名气大小。

事前，村子里的人就在揣测：金林是在外地工作，而且是正式工人，有些说，恐怕早就是领导了吧。村子里把在外地当正式工人，在政府、部队、学校等供职的人，称"外前人"。现在出门打工的，不算"外前人"。"外前人"在村子里大家是另眼相看的。金林就是"外前人"。"外前人"办事就要与众不同，要更加隆重，更加高规格。村子里的人在猜测着金林要请的乐班的规模和名气。有些关系近的，也直接给金林建议如何如何。

金林左右很为难，自己的老娘死在家里，好几天了都没人知道，是一件丢人的事，心里总觉得惭愧。但家族的人对他说："你老娘走的时候受罪了，你就把后事办得风光体面一些，让你娘也有个安慰！再说，你是'外前人'，事过得寒酸，村里人背后笑话呢！如今，在农村安葬老人都是一样的，还不都是做给活人看的。不管你床前孝敬不孝敬，丧事过不好，都会让人笑话的。"

在大家的劝说下，金林和乐班商量好了，准备请两个西安易俗社的大碗秦腔演员，把老娘的丧事办得体面一些。但是，金林的姐姐和姐夫却坚决不同意。晚饭时间，村子里的人陆续来烧纸"祭奠"。姐弟俩却在院子里，开始大吵大闹起来。

金林解释说："和家族的人都商量好的，老娘过世，要安葬得尽量体面一些。"

他姐一听就破口大骂："体面个狗屁！老娘没人管，死家里几天都不知道，不嫌丢人，还折腾个啥？你是'外前人'，你风光！你有钱你折腾！有钱有个屁用！老娘还不是没人管吗？不是死到炕上几天都不知道吗？"

"你离家近，咋不来照顾？咋不发现呢？"

"我离家近咋了，我家里还一大堆事呢！你是儿子你不管谁管？"

"我上班，我不能撇下工作不要吧？"

"上班，那也有不上班的人呢？"

金林姐把矛头指向嫂子。金林刚结婚的时候，媳妇在村子住。后来，为照顾老人，姑嫂经常吵架拌嘴。最后，嫂子索性去了山里陪丈夫，常年不回来。

金林媳妇一听，又开始大吵大闹。

金林媳妇："大姐，你嫌我管得不好，眼里容不下我，我走还不行呀？大伙给评评理，我和金林虽然不在家照顾老人，我们每月出钱雇保姆，这不算照顾吗？你也是女儿，你出钱了吗？出力了吗？不嫌丢人的东西！"

大姐："你出两个臭钱就算孝敬老人吗？"

媳妇："我们的钱是辛辛苦苦挣来的！你咋不出钱呢？还臭钱，你也出些臭钱试试！"

大姐："我是乡下人，我穷！我没钱！但我隔三岔五来陪。你们是出钱了，照顾老人光是钱能解决的事吗？你几年都不回家，回家也不和老人说话，经常拉个驴脸！给谁看呢？"

金林:"大姐,你别扯那么远了。我和族里人商量好了,易俗社的演员我请定了!在这个家我说了算,我花钱,我愿意!别人少插嘴!"

姐夫也喊起来:"金林!你能的很,你有钱,你不怕羞你先人,你想咋弄就弄吧!"

姐夫脱下白孝褂扔地下,拉着大姐要走。亲戚们拉扯着不让……

乐班吹鼓手也不吹了,前来烧纸的邻里也不烧了,都来围观这场闹剧……

老李背着手,从金林家走出来。嘴里嘟囔着:"死者为大,安息吧,还吵个球!争个球!唉,家家有本难念的经!"

四

老李走出金林家的大门,看见了老同学杨宏伟也在街道站着。

杨宏伟高中毕业去新疆当了四年兵,部队转业到宝鸡,当了城管,一家在宝鸡居住。杨宏伟给老李发了烟,老李没有抽,顺手夹到耳朵上。

"看着金林他妈的下场,心酸得很。老太婆和我妈同一年的,一样大,平时也爱来往。我妈一听这事,几天连饭都吃不下去。老李,到咱这年纪了,就担心老人的事。我有时候真的羡慕你们在村里的人,能顾上老人。"杨宏伟深有感触地说。

"如今这社会变了,人也变了。人死了,还吵个球呀!"老李还在想着金林姐弟吵架的事。

杨宏伟一看老李魂不守舍的样子,摆摆手回家了。

"妈,我烧纸回来了。哎,金林妈真苦呀,人死了都不得安然。金林和他姐还在屋里吵架呢!妈,你吃点儿东西吧!"杨宏伟拿了一个香瓜递给老妈,老妈接过来,又放在炕沿上,没有吃的意思。听了儿子刚才说的话,老太太潸然泪下……

杨宏伟每次回家都要陪老妈睡一晚,说说话。老年人其实也没有什么说的,就是些家长里短的事。如今,儿女能陪自己说说话,对很多孤寡老人来说已经是很奢侈的事了。老妈说什么，宏伟就附和着，也不犟嘴，不理论，总是笑呵呵地倾听。有些儿女常年不回家，一回家就看不惯老人，总是不停地"指教"老人。人老了，毛病也就多了，有许多习惯不好，但习惯已经是根深蒂固了，说了也不好改。宏伟这一点做得好。他常说，孝顺孝顺，就得顺嘛。宏伟几乎是每一周都回来看一次老妈。有时候陪老人一起在门前晒晒太阳，有时候陪老妈去镇上赶集。走在路上，时常拉着老妈的手。娘俩一起坐在小市场的摊点前，吃面皮，喝豆花。村里人都夸宏伟是个孝子！

杨宏伟原来有个哥，前几年在工地上发生事故死了，嫂子也改嫁了。平时老妈一个人在家，这一直是宏伟的一块心病。老妈还在回忆着和金林妈的过去，杨宏伟却陷入了深深的沉思。

部队转业，用安置费在宝鸡买了房。一买房，宏伟就把老妈接过去住。可没住几日，媳妇就开始嫌弃老妈。老妈受不了儿媳妇的气，回村子一个人住，以后再也没去过宝鸡。每年过年媳妇也不回家，杨宏伟为此没少和媳妇吵架。吵架归吵架，媳妇就是不愿回家，一开始借口说家里太冷，后来直接说看不惯他妈！

杨宏伟有时候吵急了，也想着离婚算了，可一看到上高中的女儿心就软了。不过，杨宏伟的媳妇对杨宏伟倒是照顾有加。周围的同学、朋友经常夸他娶个好媳妇的时候，他总是无奈地苦笑。

什么是好媳妇？婚后让你变得更好的，让你变得更加快乐的，让你更率性的，是好媳妇。你是个善良的人，结婚后变得更加善良；你是个孝顺的人，结婚后变得更加孝顺。总之，能和你三观一致，使你的三观更加积极和更加正能量的，就算是婚姻成功，就算是娶了个好媳妇。那些打着自私的名义、顾小家的名义，让你在亲人面前灰头土脸，抬不起头，名声扫地的，绝不是好媳妇。杨宏伟思前想后，觉得自己的爱人虽然爱自己，爱女儿，也爱自己的小家，但在对待老妈这件事上，不依不饶，直到和老妈的关系水火不容，搞得自己"风箱里的耗子——两头受气"。老妈只剩下他一个儿子，总不能扔下不管不顾吧？管不好，自己怎么对得起自己的良心？自己怎么面对亲戚和邻里？自己的媳妇总是说"那是你妈，我嫁给你，又没嫁给你妈，和我没关系"之类的话。因此，宏伟得出个结论，自己的媳妇不好，就像自己脚上的鞋子一样，好赖只有自己心里知道。至少，媳妇和自己的三观不一致，这都怪当年急匆匆结婚，和爱不爱没有关系。想到这，只能后悔自己当初的草率。

他想起了老同学老李。在老杨看来，老李娶了个好媳妇。无论老李有钱没钱，风光还是狼狈，她都不离不弃。关键是老李对父母好，媳妇也对老李的父母好。媳妇脾气好，老人说几句，呵呵一笑，过去了，有事不往心里去。

说起老李的父母，村里人都羡慕。老李的父母快八十了，老两口身体还算硬朗。老人和老李一起住。现在村子里的青壮年大都出门打工，常年在外。老人基本都是留守在家。在关中平原，乃至于全国农村，传统的习惯是：祖祖辈辈不离故土，基本都是居家养老。像老李这样传统的养老模式已经少之又少了。老李媳妇也很孝顺。老娘经常在村里人多的地方，夸儿媳妇，大家就没有听过半句她抱怨儿媳妇的话。大家问起，老李媳妇也是笑一笑。老李在村子里经常说，不要看"外前人"有钱，人前风光，自己的老人都受罪呢，这也是老李这么多年来，以居家农村而自豪的理由。

第二天一大早，杨木匠开口第一句话就说：

"妈，我思前想后，你不能一个人住家里了，去宝鸡住吧。这次你必须听我的！"

杨宏伟的妈妈身体瘦弱，说话声音很弱：

"妈知道你的心思，我一个人在家，万一和金林妈一样，我死了无所谓，是不是村里人到时候还要笑话你呢？我也想了好几天了，想通了，去宝鸡也行。你媳妇看不惯我，在你家住不成。你给我另外租一间小房子，租金也不让你出，给你哥当年赔的钱在我这存着，加上公家一个月还给发八十块钱，租房吃饭就够了。我离你近，你不用来回跑，也能省点儿汽车油钱。等我哪天实在动不了了，有能力找个人照顾我就行了，钱你甭发愁。我这几天一直在想，人都有一死。但不要因为妈的死，给你有了不好的名声。你是'外前人'，吃公家粮，名声最重要。以后也不要和你媳妇吵架，至少人家对娃好，对你好！我去宝鸡住，以前和你媳妇相处，妈也有做得不对的地方，我会改，慢慢改，改不了了，就忍。妈尽量不让你为难！妈得为你考虑。"

听完母亲的一番话，宏伟早已泪流满面！自己安排不了老妈的晚年生活，老妈却处处为自己和自己的小家庭着想，真是惭愧！

宏伟含着眼泪，开始和母亲一起收拾东西……

五

杨木匠一大早叫上老李，两人骑上电动车，直奔塬下常兴镇。

渭河由西向东横贯关中平原。渭河滩东西八百里长，称"八百里秦川"。关中南北是山，南面是中国最大的横断山脉——秦岭，也是南北分界线，据说是中国的龙脉。渭河滩两岸是厚厚的黄土塬。常兴是个古镇，在塬下渭河滩。此时，塬下地里的玉米都露头了。

老李哥俩，很快就到了常兴敬老院。原来，老村主任杨大个子就住在这个敬老院。杨木匠女儿昨晚建议他去住养老院。这不，杨木匠拉上老李专门实地考察。

杨大个子见了两个老伙计，激动得拥抱在一起。老村主任杨大个子领着他俩参观自己的公寓。一进门，一股骚臭味扑鼻而来。稍稍看了一下，杨大个子就拉着他俩走出了房子，边走边说："到外面说，外面空气好。"杨大个子告诉他俩："同屋住的老吴大小便经常失禁，唉，没有办法。"

"那敬老院护士不管吗？"杨木匠不解地问。

"管不过来！也管的，一天换洗一次。老吴儿子上次来抱怨几句，院长说有意见快转走吧！巴不得呢！"杨大个子小声说着。

敬老院共有老人三十几个，雇不起太多的服务员，像生活不能自理的，一般不收。一天的生活就是吃饭、晒太阳、睡觉，没太阳的日子就在屋里发呆。

老李提议出去吃，让杨大个子解解馋，顺便谝一谝。

他们在常兴街道找了一个小饭馆。饭菜上齐，要了三杯店里泡的药酒。杨木匠说明了来意，杨大个子语重心长地说："兄弟呀，听哥的话，不到万不得已，不要来这。在村子里，起码有熟人说话，人心不慌。人一辈子不就混个圈子吗？木匠，你为啥不跟女儿去城里住？不就是因为城里没有你的圈子嘛！不是你的江湖，你不好混。孩子们不理解咱们，那你让他们回农村住，看他能住几天？道理是一样的。"

老李和杨木匠听着杨大个子说得很在理，频频点头，频频碰杯。

杨大个子继续说道："物以类聚，人以群分。人只有活在自己的圈子里，圈子的温度是最合适生存的，所以每一个人都愿意活在自己的圈子里。在一个村子里住了大半辈子，村里每个人的品性都了如指掌，说话办事就有了分寸，谁给谁也不用藏着掖着。敬老院为啥不行，如果你俩来，我们仨在一起也不孤单，也好。我来这，说实话，没一个朋友，几乎没一个能说上话的。当然也交不到朋友。都这把年纪了，谁还去交朋友？哼！当然，在这里不用做饭、打扫卫生、洗衣服，也就这些优势了。早上四五点就醒了，睡不着，苦的是没说话的人！这就是城里人说的寂寞吧，是不是？有时候，特别想孙子，忍不住给孙子打个电话，没说几句就挂了。老了，讨人嫌。"

杨木匠心想，做饭，打扫卫生，洗衣服，他不仅可以做，也乐意做，做这事的时候不会感到丝毫苦累。敬老院的优势对他没有意义，看来他暂时不用来这。他晚上就给女儿打电话，讲讲这个道理，要不总逼着他上敬老院。

几杯酒下肚，杨大个子聊起自己的家事。

杨大个子老伴去世三年了，一生没有女儿，有三个儿子。老大、老二在农村，老三在上海。老大、老二成家后就搬出去，住新村，和他不在一起。虽说在新村，离得不远。那一年，老伴重病卧床半年时间。老三出钱，老大、老二放下打工的活，轮流床前照顾。时间一长，妯娌间又相互埋怨，最终爆发了家庭"战争"，一直到老娘离去……

落日黄昏

安葬了老娘，在舅舅等亲属的主持下，三弟兄关于父亲杨大个子的养老达成协议——送老人到敬老院。老三出一半费用，剩下的一半费用，由老大、老二均摊。逢年过节，老大、老二接回家住。

大儿子是木匠出身，现在的木匠活也干不动了。成天在村子商店的麻将桌上打发日子，赢了钱去镇上海吃海喝一顿。输了钱向媳妇要，没有就卖麦子、卖玉米，把亲戚朋友的钱都借遍了，从来是有借无还。搞得亲戚朋友平日里，都躲着他走。给老人的每月的钱哪能供上，都是上海的老三给偷偷垫上的。这事不能让老二和老二媳妇知道，要知道了，肯定要吵架。

老二倒是本分，两口子过日子也仔细。经营了三亩苹果园，起早贪黑地忙碌。老二两个儿子，一个还在上大学，一个大学毕业，在西安上班三四年了，还没有女朋友。大家给建议，如今男孩在城里没有房子，很难找到对象。老二两口子也眼看着西安的房价一年比一年涨得高。今年初，拿出所有积蓄，还向亲戚借了一些，凑足了三十万元首付，在西安西三环外买了一套房。儿子每月还完月供，除去基本生活的开销，剩余不足百元。前几天就有人上门给介绍对象，可家徒四壁，哪有钱给孩子说媳妇呀？

老二媳妇说，给娃买房借了她娘家的钱，不能再开口了。让老二能不能给上海的老三张个口？老三在上海工作，应该问题不大。为了老人的养老，兄弟仨关系闹僵了，平时基本不来往，连电话都不打。架不住媳妇催，老二硬着头皮给老三打了电话，说明情况。电话那头，老三客气地说："二哥，我困难得很，也要每月还房贷，还要供女儿在英国留学的学费……"

杨大个子："老大不争气，老二、老三难得很。哥俩，说句实话，我现在成了负担，我死的心都有了！"

"不敢！老哥你别瞎想。"老杨忙说。

老李："老哥，就算你现在死了，你那三个儿子恐怕连安埋你的钱都要拿不出。凑合活吧，敬老院是小钱。按现在咱们村子兴的规矩，你死了，没有十万元，都安顿不下来！"

老村主任一听，老李话丑理端，看来自己还不能死呀！说着潜然泪下，惹得三个人都抹眼泪。

举起酒杯，干了一杯。杨大个子笑着说："活不下去，也死不起！咱凑合活吧。"

这句话把大家逗笑了。杨大个子笑着笑着又哭了……

"在这，我觉着是在坐牢。坐牢还有探监的！谁我都不想，就想一个个孙子。三年了，就小儿子来看过一回呀！这都是哪辈子造的孽呀？"老李、杨木匠赶忙安慰。

"看看别人，我也想通了。在这里，至少我的费用是按时缴的，敬老院有不少人还羡慕我，还夸我儿子都孝顺呢！我说，孝顺得很！"大个子说完，干了一杯酒，重重地放下杯子。怪谁呢？谁也不怪。自己的罪，自己受！

老李看着老村主任难受的样子，怎么也和当年领导全村人农业学大寨的那个风云人物联系不起来！

六

杨木匠前脚一进屋，村主任就来了。

原来，县政府在全县搞了个农村新型养老试点。新任县长是南方人，到任后，做了实地调研。发现关中农村的孤寡老人，受传统观念的束缚，一时还接受不了敬老院式的集中养老模式。再说，目前的敬老院无论是数量和质量都还很差。留守的孤寡老人，都在自己家住，吃饭是个问题。所以向上级提出由政府出资，在每个村开办养老食堂，提供孤寡老人用餐。新县长的提议，很快就获得了人大和上级的批准。县上为此召开了广泛的动员和宣传大会，轰轰烈烈，大张旗鼓。

秦家庄在原来的小学，开设了一个养老食堂，为村里的孤寡留守老人提供餐饮。吃也便宜，一顿饭三块钱。村上还添置了文体娱乐实施，能下棋，打扑克，打麻将。

明天县上、镇上的领导来村里检查养老食堂的开办运营情况。

村主任特意来邀请杨木匠明天一定要去。这种事在农村常有，大家都会捧场。杨木匠爽快地答应了，并保证一定去。

临走时，村主任特意小声强调了一句：

"明天捧场的，饭钱后天退，说话算数的。嘿嘿……"

村里的养老食堂开业有一个多月的时间了，杨木匠去过一回。政府出资买的灶具、娱乐器具，做饭的工资也是村里给发。可听老李私下讲，村里建养老食堂，村干部又乘机捞了一把。

雇的做饭的，是村主任的侄媳妇。养老食堂，平时只供一顿午饭。原因是做饭的妇女，早晚要照顾自己的孩子，没时间做早、晚饭。杨木匠一琢磨，早餐、晚餐还得在家里吃，还得动锅灶。算了，没意思。干脆在家吃，倒省事。娱乐也就是午餐后一阵时间。上次吃完饭打麻将，没打几把。那做饭的喊着："收了吧，我要下班！"

第二天，几乎是全村的老人都去养老食堂吃饭了。村上临时增加了服务员，场面跟过事一样。镇上、县上来了五辆车，还有记者跟着。

记者小姑娘和各位老年人热情地打着招呼，不断在人群中采访，大家按预先准备好的答案"认真"地回答着。

"大爷，你天天来这吃吗？"记者小姑娘采访杨木匠。

"天天来！养老食堂比家里好。在这里有吃，能玩。养老食堂是老年人的家。感谢政府！社会主义真好！老有所依，老有所养……"杨木匠一股脑说完了，免得一句句回答。

最后，一位年轻的副县长做了热情洋溢的讲话。

七

杨木匠在人群中看到了杨杰，杨杰是杨木匠的堂哥。

杨杰和老伴一直跟着儿子在宝鸡住，已经好几年了。今天回来串亲戚，也被拉过来凑数。哥俩也不吃了，抬腿往回走。

走出门，杨杰问："这里平时来吃饭的人，没这么多吧？"

杨木匠"呸"了一声，说："中午有时最多三两个吧，平时几乎没有人来！"

哥俩一起到了杨木匠的家。杨木匠拿出小女婿送的"午子仙毫"茶叶，烧开水，泡了茶。两人在院子里闲聊起来。

"大哥，娃们怕我一个人在家不行，动员我去敬老院。昨天我和老李去看了常兴的敬老院，还见了老村主任杨大个子，我们一起还喝了几杯。不过我看敬老院这事弄不成。我一个住屋里也能行。大哥，你说呢？"杨木匠希望听听大哥的意见。

"兄弟，敬老院那地方不能去，当初我也看过。一个人在家，没病没灾的，倒还可以凑合。等有病，身体不能动了，就麻烦了，敬老院也该撵你了。要么就是费用贵得很，一般人掏不起。"杨杰喝口茶，继续道说：

"今天，看见还有这么多老伙计都还留在村上。村上的医疗条件不行，有个大病急病啥的，就都耽误了。要是白天还好，出门扎堆谝一谝，心不慌。晚上各回各家，各自就没了照应。真到了有病不能动了，想找个照顾你的人，都不好找。说实话，想想这些，我心里都不是滋味。我也替他们发愁。你看我现在和你嫂子住宝鸡，这都好几年了，不是也挺好嘛。我们在儿子小区附近租了个一室一厅的房。前些年帮孩子们照顾孙子，现在孙子上幼儿园了，我每天一接一送。你嫂子人家可骚情了，每天早晚还跳广场舞呢。哈哈。"

杨木匠说："你和嫂子在宝鸡享福呢！那是咱培养了一个孝顺的儿子，娶了个懂事的儿媳妇。娃们知道心疼你和嫂子。"

"兄弟，其实我原先也和你一样，很犟。当初，不管儿女咋劝，自己死活就要住村里。后来我想通了，你住村里，娃们照样操心、牵挂。到最后不能动了，真是没办法，给娃们倒添太多麻烦哩。我想通以后，还要做你嫂子的工作。一开始去宝鸡，一个熟人都没有，说话都听不懂。不瞒你说，有好几次都想打退堂鼓，回村里算了。可一想房租都交了，咬咬牙，也就坚持下来了。兄弟，去城里住，的确有很多地方不适应。刚开始都要受些罪。给你说，早去早适应。越往后，越难适应。哥劝你，还是跟女儿去住吧，迟早得走这条路。不要和娃们住一起，住一起弄不成。在外面租个小房子，离娃们近一点儿，相互有个照应。就是病了，城里看病也方便，娃们来照顾也方便。真有一天，不能动了，就是请个保姆也方便呀！

"兄弟，听说你还种地呢？再甭胡球折腾了！种了一辈子庄稼，得是还嫌忙不够？你由着驴性子，把你怂累倒了，折腾谁呢？那二亩麦子满打满算能卖多少钱？说实话，不够一次感冒打针花的钱！娃们也很不容易！压力大得很哩。咱要为娃们多想，虽然咱已经帮不了什么大忙了，但至少别添乱呀！让娃们少操些心，一心一意过日子。把咱自己身体照顾好，晚死几年，等娃们都大了吧！

"我和你嫂子，目前相互照顾就行了，要死，它也是一个一个的死。到走一个，剩下一个的时候再说，咱不能给娃们添麻烦。你现在是一个人。住到城里肯定要先适应一段时间，怕个球，年轻的时候，咱们怕过啥？"

"我怕我适应不了，也怕没有熟人，心慌，把人就憋死了！"

"说到底，你还是自私。怕球呢？早些年咱俩去南山砍柴，一去在山里住两晚上，狼虫虎豹都不怕。现在咋成这熊样了？"

杨杰端起茶碗和兄弟碰了下。继续说："你不是总证明自己有用吗？住城里，让娃们少操心，就看你有没有本事弄成？光会种地，有啥出息？克服困难，为娃们减轻负担，是正事。"

经大哥这一番动员和激将，杨木匠心里敞亮了许多……

八

转眼到了国庆节。

周末下午，宝鸡人民公园，人山人海。公园每年都有菊展，今年的菊展格外吸引人。杨杰夫妇约了杨木匠一起看菊花。

杨木匠大女儿的孩子去年出国留学了,两口子负担加重了。大女儿两口子一商量,干脆卖了在深圳的房子,辞了工作,举家迁到宝鸡,回家乡发展。宝鸡是个三线城市,住房、生活及工作的压力都小。自己以后在宝鸡养老,目前还可以照顾老人。大女儿安顿好一切后,前些日子在杨杰夫妇的鼓动下,杨木匠也搬来宝鸡住。就住在渭河桥南的人民公园附近。

兄弟俩一大早就约好了,在湖边的排椅上坐下。一见面两人就迫不及待地打开了话匣子。杨杰老伴去四处照相了。杨杰说:"你嫂子玩时髦,最近又爱上拍照,随她去吧。"

杨杰继续说道:"这下好多了。女儿回宝鸡,你也来宝鸡,一家人在一起多好呀!兄弟呀,前几天我看电视,电视上有一位专家讲得好。大概意思就是,人老了,一方面是生活起居需要照料,另一方面是情感需要关怀。现在农村的现状,既不利于生活起居,也不利于情感关怀。还是城里好,光是一年国家要给城里,花钱种草、种树、种花,就不知要花多少钱,谁给咱村上种花草?城里幼儿园、小学、中学都有,人家有钱的人家还挑着上呢!咱村子没有幼儿园,连学校都没了。"

杨木匠说:"我算是看明白了,国家建设的钱大都花在了城里。城里就是方便,尤其是买药、买菜,我看比咱村里还便宜。再就是吃饭,我有时候偷懒不做饭,街上到处是餐馆,还有外卖,真方便。"

"还有这公园,你说这一年办一次菊展,要花多少钱?公园门票也不收,你说这钱谁掏的?"杨木匠好奇地问。

"肯定是国家掏的!"

……

柳枝垂下来,随微风摇摆。湖面上偶尔有鸭子和鹅悠闲地游过,远处游船上的人忙着拍照,殊不知他们也成了岸上人的风景。

哥俩不说了,欣赏起眼前的美景。任微风习习,看人来人往。

杨杰老伴回来了，大声喊着："老杨，你哥俩看谁来了？"

哥俩站起来，看见杨宏伟牵着老娘的手走过来了。"老姨，你啥时候来宝鸡的？我们都不知道？快来坐。"

杨杰老伴搀着宏伟娘坐下。宏伟对两位大哥说："我娘也是为我考虑，怕一个人在家如果发生了金林妈那种事，对我影响不好。娘呀，一辈子都为子女着想。我娘来了有一段时间了。刚来这时她也是很不习惯，但我娘能坚持，也努力学呢。慢慢习惯了，目前还能自理，我下班有空就过去看看。等年龄再大些，给雇个保姆。隔三岔五，陪老妈睡一宿，说说话。"

"我妈这一来呀，我不用每周往老家来回跑了，也不担心了。女儿周末有空也去陪她奶，老太婆一见孙女可高兴了，有几次还偷偷给钱呢。也不怕两位大哥笑话，我娶那媳妇以前对我妈不好。现在这么一弄，媳妇也开始转变了！每次我去看我妈时，还让带些菜过去。那天还说，到了过年时，把老人接家里，大家一起吃团圆饭，一起过年。我妈听了，激动得掉眼泪。"宏伟高兴地说着。

宏伟从兜里掏出围巾，给老娘戴上。

杨杰拍拍杨木匠的肩，半调侃地说道："兄弟，姨那么大年龄了，都能行。姨、宏伟、老婆，这怂刚给我诉了一下午的苦，这也不舒服，那也不适应。你怂要向姨学习呢！听下没有？"杨木匠红着脸说："慢慢来嘛！"

宏伟娘拄着拐棍站起来，拉着杨木匠的手说："原来祖祖辈辈在秦家庄住，老老少少几辈人都不出门，一家人一个院子，相互照应，在家养老就行了。现在社会变了，种地都机械化了，庄稼没有啥可务的。农村不需要那么多人，年轻人都要出门打工挣钱。不挣钱，养活不了家。现在娃们到城里做活，咱就搬到娃们跟前。让他们别来回跑，少操心。在哪不是一死，一家人在一起就是福。到宝鸡，姨也不习惯。一来连电视都不会开。不会开，我就不看了。后来我孙女给调好了，我只按一下，电视就开了。"

"我妈就爱看《都市碎戏》，把每天播放的时间都记着呢。来回就那一个台，真会弄了。"杨宏伟补充着。

"宏伟给我租了个一楼的房子，要不上电梯我可不会按。我在小区认识咱万阳一个、黄埔一个老太太，人家比我年轻几岁，经常在院子拉家常。你看今天到公园还碰到咱庄子你们几个。以后经常走动，说说话，就不心慌了。他木匠叔，你要一个人不得成，来姨家，姨照顾你！"老太婆的话，惹得大家哈哈大笑。

杨杰老伴提议大伙合个影，回头发给娃们的手机，大伙就都能看到了。杨木匠对她说："嫂子早来几年城里，啥都学会了，能得很嘛！"大家又是一阵欢笑……

太阳开始慢慢落下，西面的天空一片红，映得湖水斑驳陆离。

雪　融

一

　　三月的大兴安岭还没有一丝丝春意，依然是林海雪原。大兴安岭北端西坡是神州最冷的地方，气象记录最冷达到零下五十八度，称为中国冷极。林区的冬季漫长而寒冷，这些年没有了商业性采伐，森林显得更加安静。冰封的吉尔布干河面上积满了一尺多厚的积雪，像是茫茫林海中蜿蜒的一条白带，似乎给这静静的水墨画的世界增添了一点点活力。吉尔布干河两岸坐落着三座矿山，随着矿山的开工，吉尔布干镇比周边城镇热闹了许多。青盘山矿是一家国有企业，矿上的职工来自全国各地，操着不同的方言。青盘山采矿的地方，大家习惯称为"工区"。

　　据说，当年日本人占领东北的时候，就在吉尔布干河流域勘探、采矿。二十世纪九十年代末，地质队员们就在这里漫山遍野地打钻。后期一些私人老板在这里开矿，小打小闹，也没有做大。直到一九〇九年，林业局引进了国有专业队伍，浩浩荡荡进驻林区，才开始了矿业开发。随着矿山开采，吉尔布干镇也逐渐繁荣起来。周围山里的人，也都通过各种关系到工区打工。山里农民种的菜、山货以及养的猪、鸡、鸡蛋也就近能卖出去了，这座边陲小镇又开始热火朝天起来。

　　如今，矿山采矿都外包给温州民工队。民工队雇用的工人大都来自山区，或是陕南、甘肃、四川的山区。矿工们的宿舍是简易的钢构房，冬天屋内很冷。

山里的农民没有其他手艺，有的只是一身使不完的力气。因此山里人来矿山工作，还是比较好的选择。矿工要比城里搞建筑的工人挣钱多。矿工们在矿上一干就是一年，生活条件差一些。不过现在有了网络，通信也发达，矿工们下班可以和家里人视频。

矿山井下还是比较危险的，偶尔会发生安全事故。就在前几天，陈老板民工队就出了一起安全事故。矿工张成贵在装矿的时候，不慎摔倒，脑袋碰在装岩机铲斗上，当场死亡。市上的安监局组织专案组，进行了事故调查和处理。矿上对矿工们也进行了一次深刻的安全教育。

张军抱着父亲张成贵的骨灰盒，和妈妈、舅舅等几个亲戚，回到了老家陕西留坝县马家坡村。邻里乡亲早听说张成贵工亡的消息，纷纷前来探望、安慰。在族人的帮助下，李慧珍把丈夫张成贵的骨灰简单土葬后，她病倒了。之后，李慧珍几天几夜地熬，茶不思，饭不想。张成贵的事故，像晴天霹雳般发生，李慧珍不敢相信这是真的。

二

李慧珍，今年四十六岁，比丈夫张成贵小四岁，两人结婚整整二十六年了。她和张成贵都是马家坡村的，两家住得不远。她十三岁的时候，父母因病双双离开了人世。留下她和五岁的弟弟李刚，姐弟俩相依为命。马家坡村在大山深处。住在山里头，只要人勤快，虽说过不上太好的日子，但饿不死。她上山劈柴，打猪草，放羊，种地，养鸡，什么都会干。她挑起家里的重担，既当姐，又当妈，含辛茹苦，供弟弟上学。弟弟李刚十二岁那年，她带着弟弟一起嫁到了张成贵家。

张成贵也是土生土长的山里人，为人老实巴交，不善言谈。张成贵父亲早年去世，他母亲也因病刚刚离世，孤身一人。在村里人的撮合下，张成贵和李慧珍结婚了。李慧珍带着弟弟李刚，搬到了张成贵家。连年来张成贵给老人治病，几乎花光了家里的所有积蓄，家徒四壁，一贫如洗。

雪 融

  二十世纪八十年代，改革的春风也吹进了马家坡。和李慧珍年龄相仿的伙伴们，但凡是家里有些经济基础的，大都走出大山去闯荡世界了。李慧珍有一个姨妈在汉中，在父母离世那一年，姨妈和姨父带着他和弟弟去了汉中。那是她第一次走出大山，第一次走进大城市，是表哥杨军科开车拉她们去的汉中。李慧珍和弟弟，看见城市原来是那样的繁华，城里有那么多人，有那么多车，还有那么多的商场和公园。其实，姨妈家原来也在附近的山村。表哥杨军科自幼学习好，在留坝县城上的高中，后来考上了省里的工学院。毕业后没几年就下海做生意，赚钱了在汉中买了房，把姨妈姨父接到了汉中。

  本来在姨妈家还想多住些日子，可表嫂嫌她和弟弟穿的衣服又脏又破，身上还有味儿。表嫂成天给她们脸色看，李慧珍带着弟弟很快就离开了姨妈家，回到山里。这一次让她长见识，看到了外面的世界。李慧珍告诉弟弟李刚，要想出人头地，必须读书，像表哥杨军科一样。李慧珍受刺激最大的还是表嫂对待她的态度。城里人就是高高在上，看不起山里人。从此以后，李慧珍再没有走出大山。在家里干活，供弟弟上学，做个实实在在的山姑。同龄的人回村谈起外面的世界，她都不愿听。李慧珍在心里早就认命了。

  结婚后，张成贵和李慧珍对生活重新燃起了希望。现在是两个人了，还是有机会改变自己的命运的，自己的小日子要慢慢过起来，好起来。李慧珍要替父母把李刚的中学供出来，至少也得高中毕业。家里还要盖房，将来还要给弟弟娶媳妇成家。张成贵家里的房屋也年久失修，自己要挣些钱，先翻修房子，以后还要生儿育女。山里人靠山吃山，仅能维持基本生活。村子里有些人开始养木耳，种西洋参，也有些人买大车跑运输，那都需要投入。两口子商量，要想改变现状，过上好一点儿的生活，必须外出打工。

  后来经人介绍，张成贵去了大兴安岭的青盘山矿打工。李慧珍依旧在家种地、养猪、养羊、养鸡，供弟弟上学。可当丈夫张成贵每年回家将大把的钞票交给她的时候，一遍一遍地数，心里乐滋滋的。盘算着弄个这，弄个那。即使夫妻常年不在一起，两口子也对未来充满了希望。

两年后，张成贵和李慧珍生下儿子张军。李慧珍看着白白胖胖的儿子，经常对儿子讲："军娃子，妈一定要好好供你上学读书，考上大学，也像你表叔一样有出息，成为城里人！到时候妈妈也能沾上你的光呀，哈哈。"

这一年弟弟李刚中学毕业，没有考上高中。李慧珍和丈夫商量，要不要供他上补习班。丈夫坚持说："上补习班没有用，高中毕业考不上大学，还不是要回到家里，干脆趁着年轻开始打工挣钱吧。"弟弟李刚也说："我才不去上补习班呢。外甥刚出生，家里负担重，我要跟姐夫一起到矿山去打工，我要去挣钱。"李慧珍高兴地说："看把你高兴的，就怕你小小年纪去了矿山哭鼻子！"

李刚到矿上，很快就适应了矿工的生活。工区的矿工大都来自山区，李刚很快就和他们混熟了。李刚的工作是在坑口索道上部放矿，就是把井下运出来的矿石，从坑口矿仓装到索道的斗子里，沿几百米索道放到山下公路旁的矿仓中，矿仓里的矿石经汽车运输到选矿厂。坑口放矿是又脏又累的活，尤其是冬季风大，一般人受不了。不过，李刚认为工资高，觉得不错。他除了干自己的本分工作外，只要有空，他就干各种临活。什么井下送饭，跑腿送材料，卸车装车等，总之什么都干。工区派临时工的李师傅很喜欢李刚，李刚干活利索，态度又好，不计较。几年下来，工区的工人都喜欢使唤李刚，大伙亲切地叫他"小李子"。工友们有什么临活，也都喊小李子去干。小李子每月比他姐夫挣得都多。张成贵和李刚住一个宿舍，一起搭伙做饭。哥俩平时处得不错，又说又笑，大家都说这姐夫小舅子比亲弟兄还亲。

小李子是有想法的。自己是姐姐带大的，住在姐夫家里，姐姐、姐夫供自己上学，都怪自己不争气，没有考上高中。就是考上高中，要到三十里外的县城去上，家里哪来的钱。有些人考不上高中，家里出钱可以去上个职业技校之类的，学个一技之长，日后也好找工作。可是山里人，尤其像自己这情况，哪敢想上技校学手艺这事？这些年已经给姐和姐夫添了那么多麻烦，上学花了不少钱。思来想去，自己还是跟姐夫来矿上干活。起初的时候，姐夫说矿上活重，危险。他年龄太小，不让小舅子来矿上。张成贵仔细想想，也是，咱山里人能在矿上找一份工作干，已经是很好的差事了。李刚想，以后得有自己的家。靠自己的努力攒钱，盖新房，娶媳妇。于是小李子就拼命干活。他常说，人的力气是用不完的，累了，歇一歇就又有力气了。

李刚和姐夫在工区一干就是十多年，他也攒下一些积蓄。三十岁的时候，就在家里盖了三间新砖房，在姐姐和姐夫的帮助下，娶了媳妇。马家坡村的人都十分羡慕张成贵和李刚两人的工作。是呀，要不是这些年在矿上打工，李刚也不能这么快盖房、娶媳妇呀。李刚结婚后，把媳妇也领到矿上。在工区开了一家米皮店，这里陕南人多，喜欢吃热米皮和菜豆腐。李刚夫妇人也随和，人见人爱，生意不错。

三

转眼间，张成贵的儿子张军已经高中毕业。张军没有考上大学。张成贵本打算干脆让儿子张军也来矿上干活，但李慧珍和李刚坚决反对。后来，在舅舅李刚的坚持下，家里额外花些钱，让外甥上了省城的一所大专学校。李刚给姐和姐夫说："我是你俩拉扯大的，军娃子上学的学费，我全包了。"张成贵笑着说："不用，不用，你两口子还要过日子呢！"嘴里推脱着，心里乐滋滋的。李刚经常给外甥军娃子说："咱们祖祖辈辈都是山里人，现在家里条件好了，有钱供你上大学。你要好好珍惜这个机会，舅舅那阵想上学，家里拿不出钱，供不起。你上了大学一定要好好读书，学本事，将来走出山沟，进城工作！没钱，问舅舅要！"

这些年，张成贵在家里也翻修了房子，添置了家具家电。儿子在省城上学，平时也不怎么回家，只是需要钱了，给家里打打电话。他和老婆李慧珍一个在矿上没日没夜地挣钱，一个在家里辛勤地劳作。苦日子终于有个盼头了，两口子的干劲也越来越大。

李慧珍最疼爱儿子，儿子在留坝县上高中的时候，住校，别的小孩都是一个月回一次家，她不让儿子回家，自己搭班车每月跑县城两次。送些泡菜和自己烙的饼子，把换洗的衣物拿回来洗。这一来一回，就是整整一天的时间。李慧珍想到弟弟李刚没有条件上高中，那时家里穷，实在没办法。看到弟弟每次从矿上回来，她都感觉对不起死去的二老。儿子张军如今上高中了，他一定不要儿子吃一点儿苦！山里人到城里，城里人瞧不起山里人。她不想让自己的孩子吃亏。即使自己两口子受再大的罪，吃再大的苦，也要让孩子像城里娃一样。城里娃有的，军娃子也得有，她很舍得给儿子买衣服。她常常告诉军娃，人靠衣服马靠鞍，你在学校一定要穿好。

　　有一年夏天，那是李慧珍第一次来丈夫和弟弟工作的矿上，她找出自己最好看的衣服穿上。搭便车从马家坡出发，几经周折到机场，坐飞机，转火车，经过两天时间到了吉尔布干镇。听弟弟说，到镇上以后，离矿区还有二十多公里的路程，而且顺路有到矿上的拉矿车，随便搭一辆拉矿车就到工区了。那天，她等了三四个小时的车，看着一辆一辆的拉矿车上山、下山，任凭自己怎么招手，人家就是不给她停车。后来还是她捎话给丈夫，是弟弟下山来接的她。弟弟告诉姐姐："车队拉矿的司机可牛了，一般不拉农民。"姐姐说："我也没说我是农民呀？"弟弟笑着说："一看你的穿着，人家就知道你是农民了。姐，你知道吗？在我们工区可奇怪了。工区工人养狗，大小也得十几条狗。工区来了外人，只要是工人，哪怕是第一次到工区，狗都不叫。也怪了，只要是来了农民，那些狗就围着不停地叫。你说怪不怪？"姐说："狗眼看人低呗！"

　　李慧珍不但爱给军娃买衣服，只要军娃张口，什么都给买。从BB机、小灵通、大灵通到手机，从MP1、MP2一直到MP5，样样不落。在她心里，自己和丈夫吃再大苦都应该，但千万不能苦孩子。孩子在城里上学，城里人大都很势利，不能让城里人看出军娃是山里人。

　　上大学后，张军一看城里的同学花钱很阔绰，心里很羡慕。同学问他的身世时，他告诉同学们他爸妈在东北开矿呢。张军身材很瘦，个子高，一表人才。同学们都叫他"张少帅"，身边经常有几个女同学围着。宿舍里别的同学只要有的，他就一定也要。有一天，班里有一个同学买了一个笔记本电脑。

他立马打电话给妈妈，说学校要买笔记本电脑，李慧珍二话没说就给买了一台。张军告诉妈妈，别的同学都拿着苹果手机，自己的手机拿出去丢人。于是李慧珍不顾丈夫和弟弟的反对，给军娃花五千块钱买了苹果手机，看到军娃高兴，李慧珍也打心眼儿里开心。

四

令李慧珍没有想到的事情终于发生了。读大三的儿子张军，在舞厅和同学争风吃醋，大打出手，把人家腿打断了。之后，被学校开除，被公安拘留。得知这一切后，李慧珍和弟弟李刚专程去了学校求情。班主任老师看到眼前两位朴实、老实巴交的农民家长后很诧异，他总以为自己的学生张军是个富二代。事已至此，学校没有回旋的余地。姐弟俩带上张军，失望地离开了学校。

他们和张军商量以后怎么办，张军说自己也大了，提出先找工作干着，以后有条件了再自己创业。于是，他们给张军租了房，安顿好后，回了留坝老家。在离开的前一天晚上，李慧珍跟儿子聊了大半夜。苦口婆心，希望儿子浪子回头，他们是山里出来的，山里人最能吃苦。要老老实实做人，踏踏实实干事。要像舅舅李刚一样，吃苦耐劳，总会过上好日子的。

张军送走妈妈和舅舅后，在网上投了几十份应聘简历，几乎都是石沉大海。后来到劳务市场去了几次，没有找到适合自己干的工作。在劳务市场，很多有手艺的人，像打家具、维修工、铺瓷砖的、刷墙的都在那里闲着打扑克，守株待兔。他也想到了做个小生意，一打听太累了，自己吃不消。有个同学建议他去送外卖，说是当下比较火的，也赚钱，干得好一月收入四五千，没有问题。张军去干了两天，因身体受不了，就辞职不干了。

张军觉得自己好坏也是上了三年大学的人，他宁愿闲着，也不去干那些体力活。干体力活不仅累，身体受不了，更主要是丢人。以后的日子，他整天待在出租屋不出门，上上网，玩玩游戏，偶尔投投简历。

十几天后，张军给家里回电话说，工作找到了，在一家私人公司工作。

实习期工资低，让妈妈给卡里打些钱。李慧珍信以为真，高高兴兴地给儿子卡里打了钱。叮嘱儿子珍惜机会，好好工作。可张军依然是无所事事，坐吃山空。一次偶然的机会，张军迷上了电子游戏，整天出入游戏厅。省城的一些游戏厅能赌博，张军慢慢开始了赌博，一发不可收拾。一开始手气不错，挣了钱就去海吃海喝，去卡拉OK或是夜店，一顿乱造。到后来开始输，越输越想赌，越陷越深。张军知道舅舅疼自己，经常是妈妈舅舅两头要钱。没有钱了，就撒谎说自己谈女朋友了，需要花销。后来直接说自己要创业，需要本金。善良的妈妈和舅舅，自然是有求必应。平时，李慧珍打电话给儿子，他都推脱说工作忙。李慧珍还心疼儿子，不要太累了，注意休息。

直到年前，张军欠下一万元的赌债。债主给舅舅李刚打了电话，大家才知道事情的严重性。舅舅亲自去帮外甥还清了欠债，交清了房租，退了租房。带张军回到留坝老家，不能让他一个人再这么胡折腾了。

张成贵万万没有想到，从小一直听话的儿子，身上染上打架、打游戏、赌博的恶习。怎么就不知道自己在矿山一天吃的是什么苦？张成贵认为，这一切都是老婆和小舅子给惯的，从小要什么就给买，真以为家里是开矿的。一心想成为城里人，山里人怎么了？工区的工友们不都是山里人吗？他觉得山里人善良、实诚，值得交。要想成为城里人，想法也是好的。要自己去努力，要靠自己的双手去干。明明是山里的农民，却伪装成城里人，那算什么呀？那是扎势！是羞先人！你小狗卧在粪堆上就成大狗啦？

张成贵一家的这个年，是在抱怨和苦闷中度过的。

李刚对姐夫说："前面是把军娃子给惯了，主要是我和我姐的错。姐夫咱得往前看呀，要想想下一步怎么办。"几经商量，张成贵最后决定：年后带军娃子到矿上打工。一方面在大人监督下戒掉赌博的恶习，一方面体验一下挣钱是怎么个滋味。

年后正月初三，张成贵、李刚两口和军娃子就出发去了矿山。张成贵盘算着，这一次到矿山，要让军娃子看看老子的钱是怎么挣来的。临走时，李慧珍还悄悄对他说："孩子年龄小，别让他干重活，主要是锻炼锻炼。"张成贵瞪着老婆说："他舅来矿山时才十四五岁，比他现在的年龄还小，不是也过来了吗？瞎操心！你心疼个啥子？要不是你惯着，军娃子能成这样吗？"李慧珍低下头，说："摆摆手，那就注意安全吧！"

五

悲痛欲绝的李慧珍做出了一个决定，丈夫死在了矿山，这一次说啥都不能让儿子再去矿山了。要再有个闪失，可怎么给丈夫交代呀？李慧珍叫来了弟弟，说了自己的想法。弟弟李刚靠门蹲着，眼睛直勾勾地瞅着地上，只是一个劲地抽烟，一言不发。李慧珍说："你姐夫没了，和你商量事呢，你咋闷头不开腔？你到底是咋想的吗？"李刚只顾一根接一根地抽烟，还是不搭腔。

李慧珍也发现弟弟李刚自从他姐夫出事以后，一直情绪低落，整天像霜打的茄子，蔫蔫的。整天抽烟，轻易不说话。心想着，弟弟和丈夫一直搭伙做饭、一起干活十几年了，感情深，大概是一时心里放不下。

"军娃子走到今天，成了这个样子我也有责任。"半天，李刚沮丧着说。

"把军娃子惯坏，主要责任在我。今天说的是今后军娃子咋办？"李慧珍有气无力地说着。

"反正我不同意他再去城里！"说完，扔下没抽完的烟把，抬屁股走人了。

看弟弟这态度，李慧珍回头对儿子说："你舅也是在气头上。这事我做主了，矿山你不要去了。你好好琢磨琢磨，下一步你要干啥子？"

张军自从父亲死后，像落了魂似的，很少和人说话。经常夜里睡不好，白天也走神，怪怪的。李慧珍看在眼里，疼在心上，更坚定了自己的想法，不能让儿子再去矿山冒险了！

李刚回矿山上班走了，李慧珍在家守着张军。看到魂不守舍的儿子，李慧珍心里酸酸的。丈夫没了，但这个家不能倒，自己要把这个家替丈夫撑起来。李慧珍相信，自己的祖父母、父母、弟弟都是老实巴交的山里人，儿子的本质是好的。儿子张军，的确是被自己惯坏了。都这么大了，还不懂事。军娃子就是怕吃苦，从小自己怕娃受罪，什么事都替他做了。衣来伸手，饭来张口。这些天，李慧珍干活总带着张军一起。要求他叠被子，打扫卫生，洗衣服，喂猪，下地干活。张军也不说什么，指哪儿，干哪儿。在外不说话，回屋闷头就睡。李慧珍心想，不能让儿子再这样下去了，要尽快给他找个正经事干。

大概过了一个月时间，张军告诉妈妈，听同学说买个车，跑网约车很赚钱的。李慧珍这次也请教了不少亲朋好友，大家觉得这事靠谱，当下也正流行。李慧珍打电话把自己的想法告诉了在矿上的弟弟李刚。没想到，电话那头的李刚坚决反对。"姐，你咋好了伤疤忘了疼呢？咱军娃子是啥样子你忘啦？狗能改了吃屎？姐，你还嫌教训不够吗？做不好人，不改邪归正，啥事都弄不成。让他现在进城，我是一万个不同意！"说完，狠狠地挂了电话。李慧珍想弟弟这是怎么了？

第二天，李刚不放心，专程请假回来。他告诉李慧珍："我想了一晚上，还是觉得让外甥去矿山，让这'货'待在我身边，我才踏实。我和媳妇商量好了，这回让军娃子不下井，帮她妗子在米皮店干活。米皮店生意好，也缺人手。在店里干活既安全，也不比下井少挣钱。"可李慧珍还是觉得卖米皮没出息，继续劝弟弟："这次矿上给你姐夫赔的钱，拿出来一些给他买个车，去跑网约车，这是个好事呀，我想你姐夫在的话也会同意的。"听姐姐态度这么坚决，李刚气得半天说不出话来。沉默了良久，说："我单独找军娃子谈谈，明天再说。"

晚上，李刚把军娃子叫到自己的屋里谈了很久。姐姐纳闷，这李刚葫芦里到底卖的是什么药？也不好问。到李刚屋子外面听了一阵。好像一会儿大吵大闹，一会儿大哭大叫，一会儿默不作声。听不见具体说什么，也就回自己房子睡了。

第二天一大早，李刚过来给姐姐说："姐，你还是考虑考虑吧，现在要紧的不是挣钱。我的意思是我姐夫不在了，到矿山我带着军娃，有个监督，先帮军娃子改掉坏毛病，走上正道，咱再商量找工作挣钱的事也来得及。吃不了苦，好吃懒做，赌博的坏毛病不改，干啥都不成！"姐姐听了，说："也对呀，开车也是正道呀！"弟弟见姐姐听不进去，摔门就走了。

"不吃早饭呀？"李慧珍朝走远的弟弟喊着，弟弟没有回头。

李慧珍想着丈夫的死，弟弟大概是因为难受、内疚的原因吧，由他去吧。弟弟倒是好心。到矿山虽说不下井，但一个小伙子卖米皮能有啥出息？主意自己拿吧。

六

随后，张军又去了城里。租房、报驾校、考试，三个月后，花十几万买了新车，开始跑网约车。头一个月，张军的热情很高，有时还加班加点。收入还行，扣除各种成本，月收入七千多元。兔子攒不了隔夜的食，那点儿工资没两天就折腾完了。到后来就觉得太累、太乏味，开始三天打鱼，两天晒网。想来想去，还是觉得打游戏、赌博来钱快。于是，又重操旧业，开始赌博。老妈、舅舅打电话来，撒谎说在开车。到后来干脆整天泡在游戏厅，浑浑噩噩，沉迷其中。

半年后的一天，张军开车回到了留坝老家。这一回，张军带回来一个漂亮女孩。李慧珍看着眼前的女孩，心里别提有多高兴了。看来军娃子真是浪子回头了。张军告诉妈妈，女孩在一家大商场上班，卖化妆品，是凤翔人。女孩子一口一个阿姨地叫着，也很有眼色，帮李慧珍干些家务。

他们在家里待了三天，临走时，李慧珍叮嘱儿子："我看这女娃人长得好看，又懂事，你们好好处！"张军拉着妈妈的手说："妈，你放心吧。我俩商量好了，五一就订婚。现在好好攒钱，明年结婚！"

"看你说的，没有房子在哪结婚？我妈说了，结婚前先在省城把房买了。"女孩小声说道。

李慧珍也知道，如今结婚要房要车已经是常事了，便安慰孩子们：

"只要你们两个处得好，结婚买房子的事，家里砸锅卖铁，也是要帮的！"

"房子以后肯定要涨价。妈，你给我们凑个首付，我俩贷款买房，反正还年轻。这事也不急，我们先慢慢看着，有机会再说。"张军说着自己的计划。

儿子带着女朋友离开后，李慧珍心想，儿子处了女朋友，对未来的日子还有计划，看来是长大了。

一个月后的一天，张军急匆匆地回到老家。说是房子看好了，要三十五万首付。女朋友家里催着买房，过年就让他们结婚呢！不抓紧买房，女朋友就不和自己谈了。这下可急坏了李慧珍。李慧珍拿出存折，里面只有三十四万。这可是丈夫张成贵用命换来的钱，本来指望着留一部分养老用，可现在儿子要买房结婚。纠结了半天，还是给了儿子，伤心地说："都拿去吧，只要你能娶上媳妇，好好过日子就不说啥了。"说完，背过儿子眼泪唰唰地流下来，她想起了丈夫张成贵。

晚饭后，李慧珍觉得今天的事是大事，打电话告诉了弟弟李刚。电话那头，李刚诧异地问："姐！军娃谈女朋友了？还要买房？会不会是在骗你要钱？"

"带回来的女娃，姐看了。人长得很俊俏，不像你说的。我看军娃这一次是变好了。"李慧珍自信地说。

"你问过没有？女娃是哪个地方的？这么大的事，家长咋不出面？"弟弟一直在追问。

李慧珍只听说儿子的女朋友是关中凤翔县的，其他情况也没有仔细问。经弟弟这么一提醒，自己也觉得有些怀疑起来了。

"姐！不好了，我刚才打军娃的手机，关机了！军娃在哪？为什么不接手机？"李刚急了。

李慧珍一听也急了，赶紧去张军的房子，两个人都不在。再看看车，也不见了。李慧珍的脑子"嗡"的一声，晕倒在院子里！

李刚再打姐姐的电话打不通，他预感出事了。情急之下，他打了邻居的电话，邻居赶过来，这才叫醒了姐姐。李刚告诉姐姐，他连夜就从矿上赶回来，让姐姐不要着急。张军帮姐姐给银行打了电话，把存折挂失。

李慧珍一夜没有睡着，她想起了丈夫张成贵，泪流满面。为了儿子上学，为了家里盖房，丈夫常年在矿山打工。两口子吃尽苦头，让孩子没有受一点点的罪，什么都是买最好的。如今怎么养了这么一个白眼狼？让李慧珍不理解的是，自己和张成贵都是老老实实的山里人，都是勤勤恳恳的本分人，怎么就把娃培养成了这么一个不成器的东西？

七

一大早，李刚就回来了。到姐姐房间，看着憔悴的姐姐，难过地哭了。靠门蹲下，一个劲儿地抽烟。李慧珍对弟弟说："要不要出去找找张军？"李刚坚决地说："找什么找？这怂拿不到钱，还得回来！"姐弟俩沉默，谁都不说话。

不出所料，张军一个人开车回来了。一进屋，和舅舅打了招呼，问他妈要身份证。这时，蹲在门口的舅舅李刚，猛地站起来，扭着张军的胳膊去了他的房间。嘴里骂道："今天我弄死你这个不孝的东西！"

李慧珍听了半天，没有动静。起床，走进张军的房间看个究竟。一进门，李慧珍被看到的一幕惊呆了！

"李刚！你这是干什么？"李慧珍对弟弟李刚大吼起来。

原来，李刚把外甥张军五花大绑了起来。张军跪在李刚的面前，满脸泪水。李刚抡起手打了张军一个耳光！

在李慧珍眼里，弟弟从小疼爱外甥，没有动过他一个手指头，听到怒气冲天的弟弟李刚说的话，两手抓住李刚的胳膊，着急地说："快说！到底是怎么回事！"

"果不其然，这狗东西变着法子骗你的钱。那女的不是什么女朋友，是他雇来演戏的，为的是骗你的钱！不好好跑网约车，又去玩游戏、赌博，欠下一屁股债！"李刚指着张军大声说。

"李刚,那你绑娃干啥?"

"这个造孽的货,给你妈说,我为啥打你?"李刚怒气冲天。

事情原来是这样的:年初,儿子张军到了矿山。张成贵和李刚商量,让张军和他们在一个班出矿,这样既能监督张军,也是为了他的安全着想。这是一个底柱回收的出矿点,出矿班一般是四个人,两个人开装岩机,两个人开电机车。

张成贵出事的那一天,和他们一班的小王临时有事。这天出矿班只有他们三个人。在下井的时候,李刚告诉姐夫张成贵,听说张军这几天晚上和一些人"砸豹子",输了不少钱。"砸豹子"是一种用麻将玩的赌博,输赢挺大。张成贵一听就火冒三丈。到了出矿工作面,一边干活,一边教训儿子张军。

张成贵开装岩机,张军负责拉电缆。李刚一个人开电机车,从出矿点到坑口来回跑。等李刚运了一趟回到工作面的时候,看到张军和父亲正厮打在一起。张成贵要打儿子,儿子猛地一推张成贵,张成贵倒在地上,头恰好碰到装岩机铲斗上。等李刚跑过去的时候,看到姐夫头上流了大量的血,摸摸姐夫,已经断气了。张军傻了,李刚傻了。李刚把姐夫张成贵抱在怀里,大脑一片空白。张军摊在地上,跟死人一样……

大概过了一个多小时。李刚回过神来,揍了张军一顿,张军一动不动。过了一会儿,张军给舅舅跪下来,哀求道:"我打死我爸了,我不是人!"边哭边扇自己的脸。

"舅舅,你救救我,我不想坐监狱!我不想死!我死了我妈怎么办?舅舅!"

李刚这才冷静下来,姐夫已经死了,如果矿上知道真相,外甥至少也要判刑。他姐以后指望谁?怎么过?想到这里。李刚觉得,这事先瞒着,给外甥一个改过自新的机会。李刚问张军:"那你说该怎么办?"

张军说:"就说我和舅舅李刚两个人开电机车运矿,父亲张成贵一个人在开装岩机装矿。等我俩进来时,发现父亲张成贵倒在地上出事了。"李刚只好默默点头，还能有什么办法。

接着，张军跑出去喊人。后来，施工队、矿上和安监局经过现场调查，结论是张成贵在装矿过程中，因本人不慎摔倒，头部撞击到装岩机铲斗，导致当场死亡。

听完这些，李慧珍又一次晕了过去……

李刚急忙抢救姐姐，掐人中，按太阳穴。过了一会儿姐姐李慧珍醒了。姐弟俩抱在一起，大哭起来。

李刚等姐姐稍微平静下来，他给姐姐解释："这些天我反复想这件事，晚上总是失眠。矿上陈老板越对我关心，我心里越难受，在矿上我都不敢见陈老板，总是躲着走。当时，我也慌了。只想着姐夫没了，军娃再有个事，你以后的日子怎么过呀？我担心人财两空。说成是工伤，起码工队还能给赔些钱。我原以为经过这件事以后，军娃会悔过自新，会变好。没想到，这怂娃越来越坏。还恶习不改，竟然还找个女孩合伙来骗你，骗赔偿的钱！军娃害死他爸，祸害施工队和矿上。姐，如果再不收拾军娃，继续下去，我担心他还会闯祸，我怕他再连累你。"

李慧珍："李刚，你说，咱祖祖辈辈是山里人。没有做过害人的事，没有做过亏人的事。军娃咋是这样呀！作孽呀！他竟然打死了他爸！你姐夫冤呀！李刚。"李慧珍用拳捶打自己的心口。

李刚："我和姐夫在矿上干了十几年，陈老板和工区的人对我们都好。我和姐夫也挣钱了，家里盖了房，我也娶了媳妇。姐，说实话我都没脸在工区待了。再说，军娃失手打死了姐夫，已经给矿上添乱了。咱还赖成工伤，让人家陈老板给赔好几十万块。工区发生工伤，让安监局停产一个月进行整改，所有矿工都受损失。工区领导那么多人还被罚款和处理。每当听到大家在议论这事时，有人说张成贵这件事出得很蹊跷，总感觉人家已经知道了真相，故意在我面前说的。这样的日子我实在受不了了，姐。你说陈老板赔的钱，咋花吗？这是不是亏人呢？"

李慧珍："现在知道事情真相，人家赔的钱无论如何要还给人家！咱不要亏人的钱,那是羞先人呢,弄不成。"

……

八

一大早,李刚开车,李慧珍带上张军一起去了矿山。

这下子,工区像是炸了锅似的,大家议论纷纷。原来是这样呀!这混球,打死他爸,还要骗钱,许多人打抱不平。但也有惋惜,有感动,有敬佩,有同情的……

由于是自首,李刚被取保候审。张军涉嫌过失杀人、骗赔等犯罪,对其拘留,进一步调查。

李刚带着李慧珍找到陈老板,赔礼道歉,主动退还了陈老板的赔偿金。姐弟俩也到工区领导那里,赔礼道歉,请求原谅。工区工人们看着李慧珍落魄的样子,想起她丈夫张成贵刚死不久,儿子又被拘留,大家都同情起这位来自山区的中年妇女。

李刚也不上班了。李慧珍要等待儿子的处理结果,暂时在弟媳妇的米皮店里住下。和张成贵生前熟悉的工友,常来米皮店看望李慧珍,安慰几句,表示同情和惋惜之情。

李慧珍、李刚姐弟俩的大义之举,让工区和民工队的领导十分感动。矿上领导以企业的名义,请求公安机关从轻处理张军。民工队陈老板也向公安机关做出不予追究的请求。

三个月后,法院传来消息,李刚不予追究刑事责任,张军判刑三年。

李刚辞了职,折了米皮店。李慧珍和李刚夫妇去监狱看了一回张军……

在他们离开工区的前一天晚上,民工队陈老板来看望李慧珍。

"张师傅和李刚在我们工队干了十几年活,为我们做了不少贡献。两人的口碑很好。尽管发生了这种事情,毕竟张师傅已经去世,家庭的顶梁柱没有了,我们队上研究给张师傅的赔偿继续还给你!算是我们的一点儿心意。"

陈老板诚恳地说。

"使不得，老张不是工伤，这钱我们千万不能要！老板的心意我领了，谢谢！这钱的确不能要。"李慧珍坚决不接存折。

"李刚，给你姐说说，拿上吧。这是队上研究的，是大家的一点儿心意。既是对张师傅这几年的补偿，也是对你姐弟俩这种义举的奖励。弟妹呀，拿着吧！现在这个社会，你们这种行为真的是难能可贵！话说回来，你们要是一直隐瞒下去，不也就谁都不知道了吗？但你和李刚没有那样做。我们出门做工程的，也得尽些社会责任吧！李刚，替你姐收着。以后有什么困难，说一声。"陈老板把存折交到李刚手上，离开了。

第二天，工区的矿工们看着李慧珍、李刚夫妇的面包车徐徐离开，每个人眼眶里都噙满了泪水，心里默默祝福着他们……

中　毒

一

　　李清坐在驶往陈仓市的大巴车上，凝神看着窗外的景色。十二月的关中大地，映入眼帘的是一望无际的麦田。深绿色的麦子静静地沉睡着，已经播种两个月的麦苗进入蛰伏期。这时的麦子是不需要长高的，农民若发现过早"疯长"的麦子，则需要用碾子碾压，不让其起身抬头，因为冬天是麦子蕴蓄能量的季节。经过漫长的冬季，麦子完成分蘖，在春风的召唤下焕发新机，一鼓作气地拔节而起。关中小麦的生长期长达近九个月时间，磨成的面粉筋道、好吃。李清望着窗外大片的麦田，自己和这麦子一样，曾经在这里出生，成长。

　　李清看着这熟悉的景象，知道大巴就要经过自己的家乡岐阳县境内了。看着远处的村庄，李清回想上次回家还是五月份父亲过生日的时候。时间过得真快，这都已经十二月初了。虽说单位到老家也就两百多公里的路程，可是一年只能回家一两次。这次本想路过老家时顺便回家看看，冬季冷了，给家里买些燃煤，准备过冬。家里的老人舍不得买燃煤，怕浪费，除非你给他买好，他们才肯烧。这也只是在过年的时候，城里的儿孙们回来了，才把炉子烧得旺旺的，还有就是正月招待客人的时候生起炉子。

　　李清这次出差是参加集团二〇〇八年政工工作总结大会。自从去年到了政工部工作，这还是第一次公出。临走时跟王总请假，王总没有同意。虽说心里不是滋味，想想还是算了，李清不愿意因为自己的私事求领导，他心里也清楚，王总平时并不待见他。

　　李清二〇〇七年毕业于西安矿院的采矿专业。毕业后一直在霸王山铜矿工作。李清从小在农村长大，能吃苦，工作积极勤奋。参加工作的第二年，被提拔成采矿厂的副主任。李清热爱这份工作，也深深地热爱矿山。他为人谦和，深得矿工们的信任。平日里，矿工们下班喝个酒，打个牌，他都乐于参加。矿工们觉得李清看得起他们，也喜欢和李清拉家常。他在矿山一干就是八九年。李清是靠技术吃饭，一心想着干好工作，业务水平、管理能力和口碑都很好。就是除了工作，不愿和领导多走动，不会来事，爱说真话、实话，说话也直。要不是他这个臭脾气，领导早就重用他了。

　　去年，李清总算从一线调到了公司机关，偏偏担任政工部主任。对于公司的安排，李清觉得有点儿哭笑不得，自己明明是学采矿专业，非要安排搞政工，这不是赶鸭子上架吗？宣布任命时，王总找李清谈话，说他的专业技术能力很好，但是公司采矿技术人员较多，必须要储备人才。什么储备人才，铜矿这几年顺风顺水，在王总的眼里，企业发展主要靠经营、市场和销售。专业技术人才有几个就行了，不就是挖矿嘛，没那么神秘。时间一长，公司的专业技术人员心都凉了。有一次，一个学地质的工程师辞职了。王总在大会上说，矿山地质有多大用处，挂个馒头，狗都能干了，要走走吧。李清担任公司的中层干部六七年了，体会更深一些，政工就政工吧，都是革命工作。

　　王总，名叫王大中，今年五十二岁，是霸王山铜矿的总经理，矿上人都称他王老板。王大中原来是宏盛达集团下属的太白金矿的一位副总，最早是铁道兵转业到金矿的掘进工。因工作魄力大，雷厉风行，很快就晋升为金矿的副总。霸王山铜矿在陈仓市的凤凰县境内，是宏盛达集团的下属单位。宏盛达集团是省属大企业，在省内排行第二。霸王山铜矿原来只是一座储量很小的小型矿山，几年前，地质勘探取得重大突破，矿石储量大幅增加。霸王山铜矿在八年前开始扩产，一跃成为陈仓市最大的矿山。霸王山铜矿扩产项目启动的时候，集团调王大中来霸王山铜矿主管项目建设。项目建成后，王大中坐上了霸王山铜矿的第一把交椅。在凤凰县，霸王山铜矿是县上的纳税大户。王大中自然是当地成功的企业家，是凤凰县响当当的风云人物。

突然，李清接到政工部小胡的电话，告诉他公司出事了。听说矿山很多民工中毒，原因说不清楚。就知道情况很严重，而且已经死了一个人。这突如其来的消息让李清吃了一惊！他立即拨通了调度室王成主任的电话，原来是公司提前完成了全年生产任务，从昨天开始井下进行停产检修。昨天中午的时候，听施工队的卢总说有几个人感觉身体不舒服，干咳，头晕，恶心，施工队立即送到县医院治疗，昨天下午又有几个人也是同样的症状，陆续送往医院的人已经二十几个了。昨天晚上，一个较严重的已经死了。昨天，王总去陈仓市参加人代会，书记在北京上党校，公司主管生产的侯铁成副总在公司主持工作。今天一大早，矿山像炸锅一样乱了，都吵吵着不舒服，下井的、没下井的都说自己不舒服，要求治疗。

李清原打算到陈仓市后，转乘去矿山的班车。一听矿山出事了，一时犹豫要不要回矿山？他走出汽车站，先到一家面馆要了一碗杨凌蘸水面。等面的工夫，他拨了其他几个人的电话，了解事情的具体情况。

李清对矿山有极深的感情。霸王山铜矿和全国矿山的情况相似，这几年井下采矿都承包给了施工队，多数是浙江一带的队伍。温州原来有一个钒矿，钒矿的子弟和周边的农民如今都成了承包矿山建设和生产的老板。温州的政策灵活，只要揽到承包项目，几个人凑份子入股，挂靠一个有资质的单位设一个项目部，就当上老板开始干了。矿山的主要技术工种是温州的，其他都是来自偏远山区的民工。矿工们来矿上干活，年初来，年底才能回家，大都是夫妻两地分居，矿区一般都远离城镇，比较闭塞。矿工们除了下井，也没有什么娱乐活动，生活很单调。矿山的工作比较危险，经常有矿工因公负伤，偶尔也有工亡事故发生。能在矿山干活的民工，一般是山区的农民，自身没有其他谋生的技能。而矿山工作简单，只要有力气就行，收入也相对高一些。矿工们明知危险，没有办法，为了生计只能坚持在矿山工作。

李清在矿山担任过采矿厂主任,在任期间发生了几起工亡事故,每一次事故发生后,家属撕心裂肺的哭声在李清心里留下很深的印象。以后的工作中,李清对于安全管理丝毫不敢懈怠。听说矿山发生中毒事件,又有一个民工死了,李清听了非常难受。自己虽然已不在生产系统,但他心里十分紧张和担心!他知道每一个民工的背后就有一个家庭,一个人的死亡就是一个家庭的灭顶之灾。

蘸水面上来了,但李清却没了胃口。随便用筷子挑几下,便结账离开了饭馆。这时公司李平副总打来电话,听说他刚好在陈仓市,凤凰县人民医院有七名危重病人要立即转院到市人民医院,委托他代表公司马上赶到市人民医院前去对接联系,李平副总和施工队的人员随伤员一起赶到。李清知道这是公司的大事,毫不含糊地答应了,而且必须做好。于是,马上叫了辆出租车,立即赶往市人民医院。

二

事发的当天下午,侯铁成副总立即在公司召开紧急会议,安排应急处置工作。公司领导和中层管理人员进行了分组,一组人员由总工程师张向前负责,主要任务是初步调查事故原因。另一组由李平副总负责,主要任务是联系医院做好受伤民工救治和家属的安抚接待工作。侯铁成负责对外联络,接待政府和媒体。

会后,张向前带领人员到了矿区。经过调查,矿山确实在停产检修,没有异常情况。他组织人员对食堂的食物、生活用水及井下水取了样,反馈回来的结果排除了食物和水中毒的可能性。昨天晚上的碰头会上,有人怀疑是不是病毒感染,侯铁成及时和医院进行了沟通,医院根据化验结果很快排除了病毒感染的可能。

第二天上午九点,医院传来消息,据临床观察,受伤的原因属于气体中毒,但是搞不清楚是什么气体中毒,目前还没有对症治疗的有效方案,请矿上立即查明是何种气体？

一听说是气体中毒，张向前首先安排封堵了各个矿井，然后建议公司尽快和市里的麟北煤矿救护队联系，让他们进矿山下井检测。侯铁成和麟北煤矿取得联系，麟北煤矿的救护队立即出发，预计下午六点赶到铜矿。

陈仓市人代会上午听报告，下午分组讨论。凤凰县郭县长把霸王山铜矿的王总请到会议室走廊里，郭县长担心地说：

"王总，县人民医院的李院长给我打电话说，因为还不知道中毒的原因，现在医院无法确定对症治疗的方案！还有几位重症患者，矿上要尽快搞清楚中毒原因，尽快确定，不能再拖！"

"郭县长，公司已经和麟北煤矿救护队联系，救护队已经出发赶往矿上，估计晚上就会查明是什么气体。"王总给县长解释着。

"王总，到现在你们矿上还没有正式给政府上报，怎么办？"郭县长显然有些担心。

"郭县长，市里在开人代会，要是现在上报，也是一样的处理办法，我觉得还是'内紧外松'比较稳妥，不给领导添乱了。等明天人代会结束，我们再汇报。您知道的，如果现在一捅出去，记者就都盯上了，对市里的形象影响很大。郭县长，您放心，我们会全力以赴进行抢救！先不上报，有问题我们矿上担着。"王总说完，紧紧地握了郭县长的手，意思是再强调一下诚意。

郭县长心里想，一次死亡一人的事故调查处理权限在县上，要是超过一人，属于较大事故，调查处理权限就在市里了。

"王总，从现在开始一定要全力抢救，不能再死人了！要不你我都不好交代！"郭县长担心地提醒王总。

"您放心，七名危重伤者已经转往市人民医院，我已经和市人民医院院长打过招呼，下午我们安排一名副总去医院盯着，晚上我去医院亲自督阵，放心吧！我们会尽最大努力！"

"王总，好自为之！"说完，郭县长示意王总回会议室参加讨论。

郭县长毕竟是在政府工作，他立即把事情的进展分别给县委书记和市里主管工业的徐副市长做了汇报。两位领导的意思也差不多，既然企业没有正式上报，市里也正在开人代会，那他们就装作不知道。但是一定要高度关注事态发展，保持联系，及时应对。郭县长听了两位领导的意见，心里有底了。随即给黄副县长打了电话，安排黄副县长和县安监局密切关注铜矿的中毒事件，做好随时介入的准备。略加思索，郭县长给市安监局的黄政局长打了电话，简单说了一下此事。

黄政局长不无担忧地对郭县长说："真倒霉，怎么又出事了？市里今年的伤亡指标早就超了，这怎么交代呢？郭县长，既然是停产检修期间发生的，会不会是什么意外呢？既然企业暂时没有上报，那你告诉铜矿的王总，让他们好好调查一下事故的原因。"

郭县长似乎听出来黄局的言外之意，心想但愿如此！

凤凰县人民医院太平间门外哭声一片。施工队王队长和几个人在安慰死者家属，昨晚死去的王元和王队长是一个村子的。王元的媳妇、父亲、哥哥和村上的干部一行四人连夜赶过来，面对村上的人，王队长真后悔当初把他们介绍到矿上上班。王元的媳妇哭得死去活来，好好一个人，昨天中午还和她打电话，她听出来丈夫在电话里咳嗽，还督促王元赶紧去医院检查，怎么说殁就殁了？留下两个孩子就走了，这可让她怎么过呀？

王队长听着王元媳妇悲痛地哭嚎，自己也在捶胸顿足，后悔不已！年初来矿上的时候，他知道施工队缺人，在当地招了八名民工来矿上干活。出事那一天，他带领王元等四个人下井干活，现在王元死了，另外三个人都属于危重病人已经转往市人民医院了。王队长有一种不祥的感觉，极度痛苦，在心里暗暗为他们祈祷！出事那天，王队长提前出了坑口。他自己也有一些不舒服，咳嗽，头晕，昨天在医院输了液后，就基本好转了。在王队长看来，不要紧，应该没有多么严重。但看着躺在那里的王元，自己心里也害怕。他们来自甘肃的山区，山里人没有什么手艺，就能吃苦，图矿上的高工资。在招王元他们去矿山之前，王元媳妇曾担心矿山的安全，王队长给他们解释说，铜矿不像煤矿，安全着呢。现在他将如何面对王元的媳妇？留下两个孩子，上面还有老人，这以后的日子可怎么过？王队长越想越后悔！起初王队长认为是食物或水中毒，没怎么当回事，早上听医生讲可能是气体中毒。气体中毒？什么气体呀？好像那天下井的工人都说闻到了呛鼻的气味。王队长有一种不祥的预感，越想越害怕。

三

麟北煤矿的救护队按时赶到了霸王山铜矿。铜矿技术员简单介绍了矿井下的基本情况后，救护队员佩戴好氧气呼吸器，带上通信设施，拿上图纸下井了。三个小时后，救护队员把矿井下的四个中段都检测完了。然而，检测的结果却出人意料，井下没有任何有毒气体！检测人员出洞口的时候都摘掉了氧气呼吸器。

晚上九点，侯铁成副总又召集公司领导和救护队队长开了一个情况分析会。大家都觉得事情越来越蹊跷，有人建议公司对施工队再进行一次深入调查，是不是施工队隐瞒了什么？张向前总工立即反驳道，昨天在他的带领下，组织相关部门已经做了详细的调查，没有必要再浪费时间。大家也没有话说，张向前说出自己的推断，可能是井下突发有毒气体，但是有毒气体又是有限的，冬季矿井内外温差大，通风好，经过三四十个小时后扩散稀释了。有毒气体像煤矿的瓦斯一样，突然出现，还是有可能的。调度室主任王成说，金属矿山出现这种突发的有毒气体好像没有听说过。张向前生气地说：

"现在气体中毒已经发生，现场检测又没有有毒气体，我们在这里是分析推断嘛，金属矿山虽然没有报道过突发有毒气体，但这种可能性是存在的！"

会议上研究了家属安抚接待的具体细节，还给大家通报了医院伤者的治疗情况，最后形成统一意见，建议中毒事件的初步原因为"矿井下突发不明气体"，会后由侯铁成副总给王总汇报会议内容。

中 毒

　　李清在市人民医院做好了一切对接联络工作。下午四点，李平副总带队，转院过来的七名伤员到了市人民医院。有三名危重病人安排在重症监护室，其余四个安排在普通病房。经过进一步的临床观察和肺部 CT 检查，伤者都是肺部损伤。但是按照常规的治疗方案，无法缓解伤者的肺部损伤。医院的主治医师李主任立即组织医生会诊，发动医生查阅国内外资料，并向国内一些大医院发出求救。

　　李清给李主任和医生讲了矿工们的艰苦生活现状，请求他们尽力挽救矿工的生命。李医生说，救死扶伤是他们做医生的天职，一定会尽力的！现在主要问题是尽快搞清楚到底是什么气体中毒，气体中毒类型总共有上百种，哪怕给他们缩小一个范围也行，可惜到现在依然弄不清楚是什么气体引发的中毒，医生很着急。

　　安顿好伤者后，李平找医院领导去了。李清坐在病房楼道的排椅上，心里在想着到底是什么气体引发的中毒。他仔细梳理了常见的气体中毒，比如一氧化碳、二氧化硫、氯气、光气、双光气、氰化氢、芥子气、氮氧化物、氨气、氟化氢、甲烷、乙烷、乙烯，还有铅、汞、砷等。他结合患者的咳嗽、头晕、恶心等临床症状，努力地回忆每一种气体的中毒症状，时不时拿出手机百度一下，一个人陷入了深深的沉思……

　　突然李清想到了氮氧化物气体，因为氮氧化物中毒一个最大的特点就是延迟性。事发当天的井下工人中毒症状不是在现场，而是在事后陆续发作的。对，有可能是氮氧化物！李清有些激动，他需要他的判断立即得到确认！李平不在身边，于是他给张向前总工打了电话，说明自己的判断。张向前当时正在公司开会，听到李清的判断后，对李清说：

　　"引起中毒的气体有上百种，仅凭延迟性这一个特征来判断显然有些武断。公司正在开会，大家的一致推断是'矿井下突发不明有毒气体引发中毒'。这是公司的统一意见，王总特别强调，这个时候，大家一定要和公司保持高度一致。"

李清还想再做说明，张向前已经挂断了电话。张向前也是采矿专业毕业，比李清早来公司两年。虽担任公司总工程师，但专业技术水平一般。不过喜欢拍马溜须，领导说什么就是什么，现在是公司王总的红人。说起张向前，与李清还有一段过节儿。前几年，霸王山铜矿的总工程师退休，公司要推荐提拔一名总工候选人。那时候李清是采矿厂的主任，属于公司中层正职。张向前是技术部的副主任，属于公司中层副职。中层管理人员当中，采矿专业毕业的只有他俩。按照公司惯例，矿山总工程师一般都由采矿专业毕业的高级工程师担任。总工程师是公司领导班子成员，一般必须在中层正职任职满两年后方可提拔。那时候正是王总站稳脚跟，呼风唤雨，形势一片大好的时候。很多人都给王总唱赞歌，表现最积极的就是张向前。而那时候的李清目睹矿山存在的深层次问题，大会小会总讲一些忧患的问题，王总不爱听。有人给李清旁敲侧击地提醒过，但他总是我行我素。结果，公司破格提拔了张向前担任总工。张向前本来比李清提拔得晚，而现在一下子进入公司班子成员，成为李清的领导。张向前上任后，还隔三岔五地给李清找碴儿。

在公司一次技术研讨会上，讨论一条废石平硐的设计方案，资料中提供的废石坑口堆矿容积是八万四千立方米，李清对那个地方很熟悉，他在会议上提出异议，怀疑坑口的堆矿容积没有那么大，而张向前说是测量计算过的，不会有错。张向前不但听不进去李清的提醒意见，还在会议上批评李清是信口开河，李清无语，设计方案获得通过。会后张向前向王总报告说李清是有意捣乱，故意在会议上瞎搅和，还说李清对他当总工不服。王总狠狠地批评了李清，本来只是因为一个技术问题，李清心里感到很生气。

那条废石平硐正常施工建设。就在去年，废石平硐外的堆存容积不够，组织人员复测，结果是当年真的测错了，实际的堆矿容积还不到设计的一半！公司上下都在议论这个废石平硐当初的设计有问题，而张向前总工把这些都看作是李清在背后煽风点火。公司不但没有追究设计的错误，在张向前的建议下，还把李清从矿山调到了政工部。李清和张向前的积怨越来越深。

中　毒

　　李清在想，尽管是和张总有一些个人恩怨，但在公司的大是大非上不能马虎。当张总推翻了他的推断意见后，他还想和张总再讨论一下，谁料想张向前竟然挂了电话。李清感到很生气！不行，这事他要直接告诉王总。李清小心翼翼地拨了王总的电话，没有接通，连拨三次都是占线。李清想到了和自己关系较好的李平副总，他打了李平的电话，说自己找他有事要汇报。李平说他刚从院长办公室出来，让他在病房等着，一会儿王总也来病房，见面再说。

　　就在这个时候，李清看见楼道里的医生护士紧张地忙碌着，一打听原来是重症监护室的一个民工因抢救无效死了。李清看看手机，时间是晚上九点三十一分。李清一下子瘫坐到排椅上，施工队的郭队长扶着他，两个人泪流满面。他知道李平副总马上过来，就没有打电话汇报。

　　晚上十点，王总到医院看望受伤的民工。李清和李平陪同王总，在病房看望了其他六位民工。在医生值班室，王总和医院的高院长、李主任医师等做了简单的交流。王总向高院长和李主任请求道："拜托了！一定要全力以赴，不敢再死人了，否则不好交代了！"王总说完做了一个抱拳拱手的动作，表示了自己的诚意和祈求。高院长表态："我们会尽最大的努力抢救，但主要问题还是请矿上尽快搞清楚到底是哪种气体引起的中毒，这是迫切需要解决的问题！但现在这么长时间了，矿上还没有弄清楚是什么气体引发的中毒，你们矿上也要抓紧！"王总尴尬地说："我们抓紧，抓紧！"

　　李清还想和王总说几句话，王总和李平私下低语了几句后，匆匆上车走了。李平回头对李清说：

　　"有人把这事给集团汇报了，集团高副总就在王总来医院的途中严肃批评了王总，高副总已经从西安出发今晚要赶往矿上。李清，王总临走时让我转告你不要瞎议论，不要添乱，什么情况呀？"

　　"什么情况？我正常的讨论、建议和推断，怎么汇报到王总那里就成了'瞎议论'和'添乱'了，肯定是张向前这个混蛋！"李清一听一下子火了！

四

在李平的安慰下，李清平静下来，给李平讲了自己的判断以及给张向前汇报的情况。李平思索了片刻，对李清说道："我个人同意你的判断。老兄也是学采矿的，专业放下多年了，一时没有想起来，还是你兄弟记性好。你也不要生气了，向前就是一个不靠谱的人，咱也犯不着和他生气。现在最主要的是救人，要什么统一意见，你马上把你的推断告诉李医生，让他们按氮氧化物中毒调整方案，救人要紧！"

晚上十点四十，又有一名患者呼吸衰竭，医生正在全力抢救。李清找到李医师告诉了可能是氮氧化物中毒，李医师立即通知去拿治疗方案。原来李医师下午的时候，组织医生在网上发出求救信息，寻求到包括氮氧化物在内的二十几种中毒的治疗方案，一旦矿上确定中毒气体，就立即启用对应方案。他知道氮氧化物的治疗方案还是北京一家医院提供过来的。过了二十分钟，李医师高兴地走出重症监护室，紧紧地握住李清的手，激动地说："谢谢你！太及时了，患者脱离危险了！"听到这个振奋人心的消息，站在楼道的李清、李平、郭队长都高兴地握了握手，其他人终于有救了！随后李主任立即安排对其余五位患者也采用这个方案治疗。

李平提醒李医师："既然这个方案有用，医院就大胆使用。不过，暂时不要对外说是氮氧化物中毒，李清毕竟是推断，最终的结论还要听公司的。各位医生，理解一下。"

旁边的一名小护士嘀咕了一句："哼，等最终的结论，黄花菜都凉了，不知还要死几个人！"李医师用眼睛瞪了一下说话的小护士，对李平说：

"就按李总说的做，不要对外讲氮氧化物。我们医生的职责就是救死扶伤，在我们的眼里生命是最重要的。你们矿上要是早确定氮氧化物，刚才那个患者就不用死了！"说完连看都没看李平就走了。

李清和李平感到轻松了许多，两个人走出住院部，在外面的亭子底下落座。晚上虽然冷一些，但是今晚的月亮特别亮。李平毕业于名校采矿专业，大概是八几年就到了铜矿，算是矿里的老人。从技术员一步一个脚印地干起来，早早就是矿上的副总了。当年铜矿扩产时，李平当总经理的呼声很高，可谁知道集团空降一个王大中过来，最终王大中当上了总经理。从此，李平就被边缘化。公司的中层大都佩服李平的能力，私下里，喜欢和李平在一起聊，希望李平早日当上公司的总经理。李清听了李平刚才的话，觉得李总有点儿不像从前。

李清想到这次在集团听到关于王总要高升的消息，对李平说："李总，前几天在集团听说王总马上要调走，你也快升了！"

"兄弟，谢谢你看得起老兄。但不要传这些消息，对你我都不好！公司还有侯总呢。"李平说完，转移了话题：

"我知道你聪明，敬业，有能力！这几年在公司和老哥一样不得志，听老哥一句劝，该忍的时候一定要忍。忍不是怕，不是服软，而是在积蓄力量。"李清听了李总的话，豁然开朗。是呀，在以往和张向前的交往中，自己就是不服气，不低头，不认输，结果是自己节节败退下来。

李平继续说："凡事也要讲策略，不能仅靠一腔热情去猛冲猛打，那样往往被碰得头破血流。就像今天的事，你不该第一时间告诉张向前。我知道你的想法很朴素，就是给领导汇报，让公司尽快确认，然后达到救人的目的。可你看看，公司像张向前等一些人，出事以后都在关心什么？他们关心的是事故如何定性？事后有何影响？而且大家都高度统一，在这个时候都在听王大中王总的。作为老总，也不希望听到不同的声音。你对你的判断不敢确认，你可以私下请教老师和同学，可以请教关系好的朋友，得到确认后，立即告诉医生先救人。事实胜于雄辩，你的目的也就达到了。"李清感觉李总说的有道理，自己的想法很单纯，就是想得到公司的认可，及时救人。看来还是自己的历练不够，经验不丰富。

"你之所以积极思考，大胆推断，那是因为你想救人。但在张向前、王大中眼里，发出和他们不同的声音就是添乱。兄弟呀，一定要忍，否则很被动。"

李平语重心长地告诉李清。

在这个本该下雪的季节，老天却下了一夜的小雨。

这一夜，李清睡了个好觉！

上午九点查完房后，医生值班室里，李医师感慨地说："看来现在这个治疗方案非常有效，重症监护室的两名患者肺部恢复很快，明天就可以转到普通病房了，普通病房的四名患者，再观察两天就可以出院了。"

这时，医院高院长打电话详细询问了铜矿事故伤者的治疗情况，李医师一一做了回答。他给院长保证，采用新的治疗方案后，效果很明显，其他患者一定能治愈，请院长放心！高院长说了些感谢的话，然后对李医师说，市里徐副市长十分重视这件事，他得马上给领导汇报。

五

上午十一时，市安监局黄政局长带领安监局副局长、非煤科科长和工作人员到了霸王山铜矿。在王总、集团高总、黄副县长和县安监局杨志刚等人的陪同下，直接到了矿区。上山的时候，王总请黄政局长坐他的车上山，便于汇报工作。路上王总给黄政局长详细汇报了这次事件的情况。听完王总的汇报，黄政局长说：

"既然不是生产引起的中毒，那就不是责任事故，算是意外事故？"

黄政局长看着王总，王总马上说："我们也都认为是矿井突发不明气体引起的意外中毒事故。黄局，绝对是意外事故！"王总激动地说，说的时候竖起右手的大拇指，表示领导英明。

"老王，你说井下怎么会突然出现毒气呢？理论上能说通不？"黄政局长心里还有些忐忑，他心里很清楚，一次死亡两人，虽说由市安监局负责调查处理，但要报省安监局备案复审。

"矿井下的情况错综复杂，我在井下干了大半辈子，什么怪事都有！岩石中经常有积水、瓦斯、毒气，比如岩石中积存的水，一旦突水，由于压力很大，造成大量涌水，很危险的！广西曾经发生过井下突水，死了好多人，电视上报道过，毒气也一样有可能积存在岩石的裂隙中，比如瓦斯。"王总肯定地说。

"老王，我来的时候徐副市长交代一定要处理好，要真是意外事故就太好了！你知道吗？今年市里的安全事故工亡指标已经超了，省安监局上一周刚刚约谈了徐副市长和我，大家的压力都很大！"

王总忙说："给您和领导添乱了，但这次事故很蹊跷，纯属意外！"

"徐副市长年后就要调走，在这个节骨眼儿上，唉……"黄政局长欲言又止。

"都是我们企业的错，过后我专门给徐副市长登门道歉！"

"道歉的事先往后放，定性为意外事故，关键是这个结论怎么下？谁来下？结论要经得起省上的复查！"黄政局长说完，用手重重地拍了一下王总的肩。

王总胸有成竹地说："黄局，我们是这样想的，您一会儿简单地给省局先做个口头汇报，把我们的意见也反映上去。我也给省局领导单独汇报，内容一样。今天先不形成结论，我下午安排请几个省内有权威的专家，明天开一个高级别的专家会。如果专家同意我们的意见，形成一个专家组意见，这事就好办了。黄局，这样安排怎么样？"

"老王，你考虑得很周到。省上的专家还是以市安监局的名义邀请比较合适，至于专家费，你们矿山出。我一会儿把矿上的意见和下一步的安排，给徐副市长汇报一下，建议徐副市长方便的话，亲自给省局打个招呼。"王总忙说："还是黄局想得周到。"

"希望最好是意外事故，不然真的不好交差！"黄局自言自语道。

"只要专家认为矿井下有可能出现有毒气体，那就是意外了。再者，您和徐副市长放心，死者家属的情绪我们一定安抚好！不管中毒事件如何下结论，都按工亡予以赔偿。"黄局点点头，说了句："那是必须的。"

李清吃完午饭，回酒店准备好好休息休息。躺在床上，他脑子里还是氮氧化物中毒的事。他后悔自己没有早早想到是氮氧化物中毒的症状，要是早点儿想到，昨晚那个民工是不是就得救了呢？李清心里也纳闷，矿上那么多学采矿的,还有就是总工张向前,他们真没有想到,还是不去想。听说张向前提出"中毒的原因是井下突发有毒气体",准备请省上的专家论证。李清有些心寒,要是大家把精力放在研究"是什么气体引起的中毒"上,就能及时挽救那两个民工的性命。唉,张向前不就是考虑事故的定性嘛!如果是突发有毒气体,必然是意外事故,他们的责任就小一点儿。人家可真是在替老板分忧呀,哪顾得上几个民工的死活?

说起专家,李清是采矿高级工程师,前些年也被安监局、国土局请去当专家搞资料评审、项目验收。专家费是甲方出的,一般专家都要先弄清楚甲方的意图,只要没有大的原则性问题,一般专家都会按甲方的意图做出结论。后来也有一些个别黑心专家,只认钱,要什么结论给什么结论。李清看不惯这些所谓的专家,以后有这些差事就婉言拒绝了。

李清又在思考第二个问题,他不认可突发不明气体的说法,氮氧化物一定不是空穴来风。哪里来的氮氧化物呢?他突然想起炸药燃烧后会产生大量的氮氧化物。但是那一天井下停产,不可能使用炸药。为什么不去问问那些受伤的民工呢?想到这里,他翻身下床,去了医院。

李清走进普通病房,里面住着两个民工。这两天的接触,受伤的民工都已经和李清熟悉了。他们一见李清进来,立即坐起来,感激地说:

"李主任,你是好人呀!医生说多亏你才有了治疗方案,是你救了我们的命!我们谢谢你!李主任你也懂医呀?"李清知道医生没有告诉他们氮氧化物的事。

"我哪里懂医呀,瞎碰的,我来看看你们,今天好点儿没有?顺便打听个事,你们回忆一下,出事那天井下有没有什么东西燃烧?"李清迫不及待地问他们。

"没、没有看见什么燃烧。"两个人相互对视了一下,一个摇头,一个回答着他的问题。这时候,他突然感觉自己后面有个人,回头一看,原来是施工队的郭队长。郭队长对李清说:"李主任,让他俩休息,你要了解什么情况,问我吧。"

"出事那一天，井下有没有什么东西燃烧？"

"没有，井下工人都在检修设备，或是清理巷道，没听说有东西燃烧。"郭队长肯定地说。

"老郭，你不是说那一天你没有下井，在坑口吗？你咋就这么肯定？"李清对郭队长干脆的回答有些疑问。

"我是没下井，出事那天中午，卢经理召集我们几个队长开了碰头会，在会上，我们还分析中毒的原因，没有听说井下发生燃烧的事。"郭队长回答道。李清想了想，把自己的手机号告诉了两个受伤的民工和郭队长。出了病房，他本打算再去看看另外两个民工，但见老郭寸步不离，就没去。李清走出住院大楼，楼前的绿化带中有排椅，他对一直跟着他的郭队长说："你去休息吧，这会儿太阳不错，我一个人在这里坐一坐。"

李清真是累了，他靠在排椅上，眯起眼睛想养养神。刚才郭队长行为有点儿怪，好像故意不让他接触那两位民工。不对呀，自己昨天晚上也和那几个人说话，拉家常了，是不是郭队长怕自己知道什么？想到这，如果……他不敢再往下想了。

"李主任，李总找你呢。"喊他的是李平的司机小马，站在住院部的楼前。

李清起身跟小马往酒店去。小马把李清领到李平的房间，李平忙招呼李清在沙发上坐下。小马烧了水，给李平茶杯续了水，又给李清沏了杯茶。说道："李总，我回房间等着，有事您喊我。"

"李清，我知道你昨天一夜没休息，以为你在房间睡觉呢？又跑医院干啥去了？"李平问道。

"很困，但睡不着，到病房和几个民工聊了聊。"李清并没有说清楚自己的担忧，毕竟有些只是他的怀疑而已。

"你呀，又捅娄子了。刚才王总给我打电话，说你私下找受伤的民工瞎打听什么。他很生气，连我也一起批评了。嫌我不管你，嫌我不在医院，你说说，咋回事吗？"

李清一听李平的话，头里面"嗡嗡"作响，心想怎么这么快，王总就知道了？这老郭，什么都汇报。

"李总，给你惹麻烦了，对不起！我就是睡不着，随便和那两个民工聊聊天。"李清越发不敢说出自己心里的疑问。李平平时待他不薄，也是他最敬重的领导，他不愿意把这些未经证实的疑问告诉他，免得让他为难。再者，李清观察李平现在的态度，也不想节外生枝。

李清端起茶杯，吹吹浮在上面的茶叶，喝一口，继续端着茶杯，若有所思。这么小的事情，老郭为什么要反映到王总那里去？他一定是先告诉他们老板卢经理，卢经理再告诉王总。至于吗？不对！这里面一定有问题！他们在有意隐瞒什么！

李平看见李清一直沉思，也不说话，就开导他：

"公司出了这么大的事，老板也是担心负面影响，不希望节外生枝，他算是提醒提醒你，别往心里去！"

李清一心想着可怕的预测，似乎没有听见李平的话。

这时，李平接到办公室的电话，让他下午赶回公司，明天一早参加专家论证会。李平虽说是采矿专业的高工，自从不分管生产以后，矿上组织的技术方面的会议都不通知他参加。李平也懒得参加，现在什么会都成了一言堂，就连正常的技术、技改研讨会，说是让大家畅所欲言，其实都是总工会前定好了方案，不过是走走形式。有些工程都施工结束了，才研究方案，不就是补个手续，应付检查嘛。

李平仔细想想，老板和市安监局也许已经有了意向，开专家论证会的目的就是希望用专家的嘴说出他们的意图。这些年专家吃香，原因就在这里。有许多专家也乐于解读、诠释领导的意图。更有甚者，放弃原则，昧着良心，满嘴跑火车。

李平想起一个埋汰专家的笑话，说是有个地方发现了一个古墓，请考古专家来看，专家经过研究推断是三国时期曹操的墓穴，可是挖出来以后，是个小孩的尸骨，专家立即说，那是小时候的曹操！

思前想后，李平不准备参加明天的专家会，也许老板心里也不希望他参加。于是，李平打电话给王总请假："这边的几个病人虽说暂时脱离危险，但还在重症监护室，我还是在医院吧？"老板同意了，说他在市医院坐镇也好。顺便问李平找李清谈的结果怎么样？李平说："也没有啥，就是和民工拉家常。"王总在电话那头生气地说："这个李清很糟糕，打听井下有没有东西燃烧？干什么呀？就他知道得多！你还要好好劝他，不要节外生枝。他出差前请假要回家，当时我没同意，这两天他在医院也辛苦，就让他回家休假吧！"

放下老板的电话，李平看见李清还在那里发呆，李平给李清的杯子添了添水，对李清说：

"刚是老板的电话，说你这几天辛苦了，让你回老家休息几天，顺便看看老人。"

李清以为听错了，说了句："是吗？"李平点点头。李清感到很诧异，问："为什么？什么意思？"

李平看着眼前这个善良、正直、倔强的小兄弟，安慰道：

"听老哥的，回家去，看看老人，不要想矿里的烦心事，眼不见，心不烦。"

"我就是可怜同情那些民工，太无辜！"

"兄弟，你推断出氮氧化物中毒，已经挽救了民工的性命。事已至此，老板当然希望大事化小，不想节外生枝。中毒的气体是从哪来的，对伤者的意义不大。但涉及事故的定性，和公司、和老板，还有其他人的关系很大。李清，为了救命，你及时大胆地推断让医院及时确定了有效的治疗方案，伤情得到了控制，我支持你，这一点你是对的。可是，你还要继续往下查，我认为不是聪明的做法，现在聪明人是，假话不会说，真话不全说。你仔细体会去吧。收拾东西，回老家！"李平站起来，伸出手和李清握了握。李清知道自己该走了，若有所思地回到自己的房间。

六

　　李清并没有收拾东西，而是躺在床上继续思考。李平话里有话，至少他是知道的，李平的意思劝他到此为止，不要再往下查了。李清感觉李平的这番话不像是他心目中的李平说的，莫非李平也希望大事化小？有可能，王大中调到集团，李平接任王大中……哦，有点儿意思！

　　这时候手机响了，是大学班主任郑教授打来的：

　　"李清，你们矿上出事了，请我去看看。我今晚就赶到矿上，你在矿上吗？"

　　"老师，我在陈仓市人民医院，一会儿准备回老家。好久没见老师了！"李清激动地说。

　　"这次时间紧张，看样子见不上了，那你忙吧，以后到西安勤联系，再见！"

　　郑教授挂了电话。李清一看手机有一个未读短信，信息是一个陌生号码发的，内容是："李主任，我是刚才和你聊天的民工，叫王财。刚才有郭队长在，我不敢说，在凤凰县死的那个人叫王元，是我堂弟，他前天中午告诉我，那天他们给井下运炸药，堆在巷道的炸药被裸露的电线点着燃烧了，不过听王元说很快就被他们扑灭了。我们是民工，没有文化，你刚才问有没有东西燃烧，是不是这次中毒和炸药燃烧有关系？另外，昨晚死的那个，和现在在重症监护室的两个，包括王元，他们四个就是当天一起运炸药的。我和他们都是一个地方来的，你可以去找监护室的那两个问问情况。"

　　李清心想，真的是炸药燃烧！尽管他的推断是炸药燃烧，但是在自己内心又多么不希望自己的推断是真的！隐瞒！有意地隐瞒！真是良心让狗吃了！

　　李清盯着手机反复看，眼泪止不住的掉下来，打湿了手机屏幕。

　　他给王财回复短信："你好王财，谢谢你对我的信任！我认为，你们中毒很有可能和炸药燃烧有关系，是不是郭队长不让你们说？郭队长知道不？"李清在编辑短信时，手一直在发抖。

　　王财很快回复："李主任，要是炸药燃烧和中毒真有关系，那我就后悔死了！后悔自己没有及时说出来，差点儿连自己的命都搭进去了！郭队长只是要求我们不要乱说，他知道不知道，我也不清楚，但是安排王元他们运炸药的王队长一定知道。"

李清知道矿工们一般都老实，不让说就不说。他们没有专业知识，不知道炸药燃烧和中毒的关系。

"你们不知道，不怪你们，别太自责！好好养病。"李清编辑好短信安慰王财。

半天，再没收到回信。李清又发了一条："王财，你知道重症监护室那两个民工和王队长的电话吗？发给我。"

李清一直看着手机，王财还是没有回复他。

炸药燃烧这件事虽说是王财听王元说的，但李清相信基本是事实。求证这件事的真伪很容易，求证也不是最紧急的事，现在李清要思考的问题是，他要不要把这件事公开？事情的发生是偶然的，井下巷道的炸药被裸露的电线点燃，也不算什么大事。当时根本不需要灭火，况且灭火是很危险的，燃烧的炸药有可能会爆炸。只要及时撤离人员，启动通风系统的反风机构，让燃烧产生的烟雾不要扩散到其余中段，即使有人受伤，住院后说明是炸药燃烧中毒，便于医院对症治疗，就不会有死亡的事情发生。这显然是一起安全生产责任事故！现场存在违章作业和违章指挥，随便把炸药放置在有裸露电线的地方，是严重的违章作业！燃烧后组织工人去灭火是严重的违章指挥！事发后，故意隐瞒真相，延误治疗，更是错上加错！这个事情如果捅出去，定性为安全生产事故是必然的。施工队、霸王山铜矿就是事故责任的主体，要承担停工、罚款和赔偿，相关责任人要受到处罚，责任追究，有些人甚至会触及法律，县、市两政府也会因此受到牵连，有关责任人也会受到责罚。

对于死者和伤者，无论如何定性，李清相信，霸王山铜矿作为一家国有企业，一定会按工伤保险条例予以赔偿。判定为意外事故，皆大欢喜！把这件事说出去，自己就成为王大中、张向前等人眼里的"恶人"，毕竟自己还要在铜矿干下去，不能说！损人不利己。李清想清楚以后，在内心默默告诫自己，不能说。尽管像张向前、王大中这些人平时对自己不好，尽管他也看不惯他们，但是他不能说，要做一个"假话全不说，真话不全说"的聪明人。

但是李清也知道，事情的真相被掩盖后，那些犯错误的人和失责、隐瞒的人，得不到应有的惩罚。这次侥幸逃过去，以后说不定胆子更大，有恃无恐。对自己而言，这件事不说出去，会成为他一辈子的心理负担，自己的良心将永不安宁。到底要不要说呢？李清知道这次如果忍住不说，对自己和大家都有好处，只是内心要受到长期以来的折磨。唉，多一事，不如少一事，息事宁人吧！

李清选择了妥协。

七

李清冲了一个澡，简单收拾好行李，和李平打了招呼，叫了出租车离开酒店去了汽车站。发往岐阳的班车十分钟一趟，李清买了汽车票，上车靠窗坐下。拿出手机，这才发现有两条未读短信。

两条信息都是施工队的卢经理发的。一条内容是："李主任，帮我们照顾受伤的民工辛苦您了！忙过这几天，我一定登门感谢领导！"

第二条信息写道："李主任，你是好人。我给你说说心里话，这次中毒的事，导致两人死亡，多人受伤，我很痛心。谁也不希望是这样的结果，纯属意外！看着这些民工兄弟挺可怜的，尤其是无法面对死者的家属！我们一定会给他们一个满意的补偿和交代。我也知道，多少钱都挽回不了一个人的生命，但事已至此，我现在就希望这事平稳地过去，不希望节外生枝，否则我们承受不起。施工队平时难免得罪一些人，有人可能借机滋事，如果李主任听到什么不利的传言，及时保持沟通！谢谢！"

李清坐在那里，心情很久不能平复。卢经理这分明是在提醒自己不要多管闲事。等了好久，李清给卢经理回复："我什么都没听说，这事和我无关。"

过了一会儿，王总打电话过来："李清，我给李总交代的让你回去休个假。

卢经理在我这,说你这几天帮他们照顾受伤的民工辛苦啦,还说等你回来一定要感谢你。已经在回家的路上了吧?一路平安,回去代问老人好。"

李清简直不敢相信自己的耳朵,是王大中王总的电话吗?李清从来没有听过王总如此平和的语气和充满温情关怀的话。大概和他刚才回复卢经理的信息有关吧。以往的王总,对他总是居高临下的态度,盛气凌人,这次突然换了说话方式,这让李清感到浑身的不舒服。

李清半天才回答:"王、王总,我在班车上,谢谢王总关心。让卢经理放心,我理解他的难处,有事会及时沟通。"

电话里王大中还在说着什么,李清把电话扔到座位上,胃里感到一阵恶心。他从前排椅子的口袋中拿出垃圾袋,捂在嘴上,又吐不出来。

晚饭后,李清陪父母一起看电视。每一次回家,李清还像小时候一样和二老住一起,边看电视边聊天,说着一些家长里短的琐碎事,李清听着,因为心里还在想矿上的事,时不时敷衍一下。父亲看出来李清有心事,关了电视,十点多就睡了。

李清躺在床上,心里还是想着中毒的事,尤其是死了两个民工。他眯着眼睛,不停地告诉自己不要去想这件事,可大脑好像不受自己控制。他总在想,如果施工队一开始实事求是说明白事情的真相,虽说可能会算作安全事故,但不至于有人员伤亡。一个谎言需要无数个谎言来维持,而中毒这件事为谎言付出的代价太大了,真是血的代价!这可怎么办呀?此后余生,是不是每天都要受到这件事的折磨?之后他迷迷糊糊进入了梦乡。

凌晨五点多,李清从梦中惊醒。他满头大汗,睁开眼睛才知道刚才是做噩梦了。父亲和母亲也被吵醒,李清忙说:"做了个噩梦,把你们吵醒了,不好意思。"母亲下炕给李清倒了一杯水,让他回回神。父亲点燃了一支烟,问李清是不是心里有啥事,李清连说没有。一下子睡不着了,一家人拉起了家常。父亲试探性地问李清:"电视上说你们矿上出事了,还死了人,真的假的?"父亲这么多年一直有看新闻的习惯。李清对父亲说:"是出事了,是中毒事件,死了两个,伤了十几人。"

"咋还气体中毒?"

"矿里说是井下突发不明气体。"李清给父亲解释着。

"哦,这么说矿井下还是太危险了,是不是像瓦斯一样?现在不是能检测了吗?"在父亲的眼里,铜矿井下是比较安全的。那一年李清毕业刚分配到矿上,村子里人说闲话,说李清的大学白上了,在矿井里挖矿。父亲听到这些,亲自到矿上来,还到井下参观了一下。回到村里给邻居们解释说,儿子的矿上很安全,不像煤矿有瓦斯,经常塌方。人家是铜矿,是金属矿山,安全得很。听了李清的话,仿佛颠覆了父亲对铜矿的认识,父亲自言自语地陷入了沉思……

母亲说:"你现在还用下井吗?"李清告诉母亲,几乎不用下井了。母亲放心地说:"好,不下井就好。"父亲说:"你回来不提矿里的事,我和你妈还不好意思问。"父亲突然问一句:

"这事和你没有关系吧?你说实话。"可能是父亲突然想到李清聊天时神不守舍,刚刚又做了噩梦。

"没有,和我没有关系,爹,你放心!"李清赶紧给二老解释。

"没关系就好,如果让你承担什么责任,千万不要推,人家人都死了,咱受些处罚怕什么。电视上经常看到一些矿山出事后,领导相互推卸责任,那些人真是没有一点儿良心!平时拿工资比工人多,工人出事后,责任全推到死者头上去了。"李清听了父亲这段话,忙说:"没有我的责任,如果有,我会主动承担!"

"现在的人都很复杂,事也复杂,事情怎么干,我教不了你,但道理我懂,知道对人对事要善良,不做亏心的事,不做亏人的事,不做羞先人的事!这样就是没有钱,但晚上能睡个踏实觉。"李清很佩服父亲,村子里的人也都敬重父亲。父亲在村子里德高望重,谁家有什么争吵,只要父亲去调解,大家都服气。

中　毒

　　李清心里想着，要不要把矿上这两天发生的事一五一十告诉父亲，把自己的纠结也告诉父亲。李清想了想，还是不说为好，免得父母操心。以李清对父亲的了解，父亲的意见一定是鼓励他实话实说，该怎么定性就怎么定性。必须让犯错的人付出代价，受到惩戒。

　　李清想起十几年前的一件事：小叔骑摩托车晚上回家的途中，好像把一个人撞了。回到家里，小叔十分害怕，不过一想，那个时间点公路上也没有人，说不定没有人看见。所以他抱着侥幸的心理，隐瞒了此事。第二天，父亲发现小叔神情不对，在父亲的耐心开导下，小叔说出了实情。父亲狠狠地批评了小叔："不管怎么样，你得停下来看看，到底伤人没有？要是伤人了，要立即救人呀！你怎么就抬腿跑了？这叫什么？叫'逃逸'！是犯罪的行为！你呀，快去自首吧！要不你一辈子睡不着觉，不得安宁！"尽管家人都反对，但父亲一再坚持，最终还是带着小叔去了交警队自首。经过调查，那晚小叔骑摩托车的时候，邻村一个喝酒回家的人，听见后面有车，一紧张一个趔趄自己摔倒了，没有受伤。那醉汉以为是车撞的，报案了。原来是虚惊一场！警察批评了小叔，不管怎么样，一定要下车看看。不过最后警察还是大力表扬了小叔的自首行为！

　　李清迷迷糊糊地又睡着了。父亲看着熟睡的李清，自言自语地说，我看他心里一定是有什么难事。父亲知道，李清自小胆子就小，人也善良，诚实，一般不会出大错。联想到铜矿这几天的中毒事故，父亲隐约感觉到李清可能知道了什么事，心里纠结放不下。

　　李清又一次从梦中惊醒，一下子坐起来，满头大汗。母亲递过去毛巾，他擦了脸。父亲点上一支烟，试探地问李清：

　　"是不是知道了啥事，心里拿不定主意？"

　　"没、没有，可能是胃不舒服，做梦，总睡不好。"李清还是觉得不能告诉父亲。

　　"骗人，你嘴上不说，但是你瞒得过别人，瞒不过你的心。有些事，你硬要藏在心里，会折磨你一辈子。"父亲语重心长地说。李清觉得再不告诉父亲，他会一直猜下去，一直替自己担心，于是一五一十地把这几天发生的事情告诉了父亲。

父亲听完后，猛抽几口烟。开始分析：

"我理解你的妥协。那么多领导都不希望是责任事故，如果你一再坚持，以后真的不好在矿上混了。领导们希望大事化小，那样就不追究他们各自的责任了。一个人错了，就要受到责罚，不然就会心存侥幸，以后迟早还会出更大的事。"父亲不愧是当过几年干部，说话有板有眼，有说服力。李清不住地点头称是。

"毕竟你也是听说的，不一定是事实，施工队的队长也不一定就是故意隐瞒，他们怎么会知道那么多的专业知识。我建议你回去和施工队的领导私下谈一谈，把你听说的事、你的判断和你的寝食不安都告诉他们，让他们再调查一下，是不是井下发生过炸药燃烧？真要是有所隐瞒，可能当初是出于无知，现在已经真相大白,他们的内心也会受到煎熬。我相信人心都是肉长的，他们会做出正确的选择。一定要让人家觉得你不是在挑事，你是出于善良和真诚。"这显然是父亲深思熟虑后的建议。听了父亲的话，李清心里敞亮了许多，轻松了许多。

李清上午去镇上给家里买了过冬的燃煤和一些生活用品，在父亲的督促下，他下午就启程返回了公司。

八

霸王山铜矿办公楼二楼会议室里，专家论证会正在进行。椭圆形的会议桌上座无虚席，面向会议室大门的一面是上级领导和专家坐，集团的高副总坐中间，右边是市安监局黄政局长，左边是郭县长，其他领导和专家按桌牌落座。背对会议室大门的一侧是铜矿的领导，王大中居中落座。会议由陈仓市安监局的副局长陈强主持，他先介绍了参会的领导和聘请的各位专家。然后，铜矿侯铁成副总简要汇报了中毒事故的经过和受伤情况。接下来麟北煤矿救护队队长介绍了井下的气体检测情况。各种汇报结束以后，就让各位领导、专家自由发言。

铜矿张向前总工第一个发言：

"根据对食物、水质的检验，排除了食物和水的中毒，医院根据化验也排除了病毒感染的可能，从伤者受伤主要在肺部推断，应该是气体中毒，事发当天井下停工检修，没有发现异常。我们认为，是井下某处突然散发有毒气体导致井下工人中毒。但是，昨天救护队在井下又没有检测到任何有毒气体。我认为突发的有毒气体是有限的，经过两天时间扩散了。"

"这是铜矿的意见，请各位专家讨论。"陈强副局长对几位专家说。

专家们询问了一些矿井的实际情况，大多数专家表示认同张向前的意见，只有省矿院的郑教授表示不同意，郑教授发言说：

"依据矿上提供的信息，和刚才大家介绍的情况，我同意气体中毒的结论。根据气体中毒的特点分析，我认为极有可能是氮氧化物气体中毒。但是，要说矿井下会积存氮氧化物气体，是不可能的。依我的见识，在金属矿尚未有突发毒气的先例，尤其像霸王山铜矿这样岩石致密、构造不发达的矿岩结构，几乎不可能有突发气体存在。"郑教授的发言振振有词。

大家又开始激烈的讨论，有位专家笑着说，郑教授说"几乎不可能"，那就说明还是有可能性的，只是可能性大小的问题。发言悄然演变成了三三两两的交头接耳。

这个时候，黄政局长和高副总、王总、郭县长、陈副局长一起小范围商量了一下，然后由陈副局长继续主持会议：

"感谢各位专家的坦诚和敬业，大家讨论很热烈！我们几个领导刚才碰了一下，认为今天的论证会开得很好。专家们的意见也比较集中，认为这是井下突发不明有毒气体引发的中毒。郑教授说'井下突发不明气体'是'几乎不可能的'，那也就是说还有可能。因此，我们采纳大多数专家的意见。铜矿的张总工，由你起草一个专家会会议纪要，经各位专家看过后，请大家签上字。"陈强示意抓紧时间办。

各位专家都在会议纪要上签了字。郑教授不肯签字，他说：

"我觉得这个字还是不能签！"郑教授不卑不亢，依然坚持自己的观点。

会场又一次吵吵起来，有些人不耐烦了，开始发牢骚，说怪话。

郑教授似乎突然想起了什么，对矿上的领导说：

"我推断是氮氧化物中毒。我再问一次，事发当天井下有没有什么东西燃烧？在井下氧气不足的环境中，燃烧会产生大量的二氧化氮、三氧化氮。"

"没有，我们认真调查过了。"张向前表态说。

"张总，你敢保证当天没有什么东西燃烧？"郑教授问张向前。

"从施工队反映的情况和我们安环部调查的结果看，是这样的。"张向前辩解着。

这时，陈强副局长和黄局长交换了一下意见，陈强副局长说：

"好了，同志们安静一下。我们本着实事求是的原则，按照郑教授的建议，铜矿认真对事发当天的井下情况再做一次深入细致的调查。上午的会就开到这，下午的调查再无其他情况，就可以下结论了。"

走出会场时，黄局对王总说："中午好好和郑教授谈谈。"王大中会意地说："明白。"

午饭后，专家和领导被安排在矿招待所休息。大家各自回到了自己的房间，王总敲开了郑教授房间的门……

九

坐在班车上，窗外下起了小雨，绿油油的麦田显得格外翠绿。麦田里偶尔有些妇女或老人在挖野菜。李清就出生在这片土地上，每一次回家乡都感觉特别放松，每一次都睡得很熟、很香。李清的肠胃很脆弱，稍微不注意就会拉肚子。但只要回到家乡，无论怎么吃都吃不坏肚子。他和这片土地有着深厚的感情，这里的一切是那样的自然和亲切，每一次离乡都难免惆怅。

突然，李清的手机响了。电话是郑教授打过来的，他说："开了一上午专家会，现在离开霸王山铜矿回西安，这一次见不上了，很遗憾，以后到西安了，我们再聊。"

李清好奇地问："老师，能不能透露一下专家会的最终结论？"

"你还不知道吗？专家会一点儿意义都没有了！"李清一愣，但能听出老师说话时很激动！

"施工队一个姓王的队长给安监局主动交代了实情。原来是炸药燃烧，随后又组织灭火，井下工人吸附大量的氮氧化物气体引起中毒。起初，那队长并不知道炸药燃烧会引起中毒，也就没反映这事。矿上调查的时候，他去了县医院，那天知道炸药燃烧的四个民工也都住院了，炸药燃烧的事，就这样阴差阳错被隐瞒了！这两天他知道了中毒的原因就是炸药燃烧引起的，王队长才意识到事情的严重性。两个死者都是他的同乡，要是他不隐瞒，就不会死！这几天他一直在接待死者家属，看到家属痛哭欲绝的场面，王队长实在承受不了巨大的心理压力和良心的折磨，就主动交代了实情。"

"李清，炸药在矿井下燃烧，属于不充分燃烧，因此产生大量的一氧化氮、二氧化氮、三氧化二氮等氮氧化物气体，气体在井下弥散，工人吸入后中毒，氮氧化物中毒是有延迟性的，一般不易察觉。"听着教授的一番话，李清仿佛回到了大学课堂。

"李清呀，老师明年就退休，我的一世英名差点儿就毁了！上午所有专家都在会议纪要上签字了，我不敢签字。你们王总给我诉苦，死缠硬磨，差一点儿我就把字签了。多亏王队长说出了实情，我才解脱了。"郑教授发自内心地感慨着，李清突然潸然泪下，已听不清楚老师后面再说什么。

这一刻，所有的疑问都涣然冰释了，李清的脑子里却一片真空，像是失重的感觉。他想起了仓央嘉措的一段话，一个人需要隐藏多少秘密才能巧妙地度过一生，这佛光闪闪的高原，三步两步便是天堂，却仍有那么多人，因心事过重，而走不动。

　　班车在高速公路上飞快地行驶，左边是巍峨的秦岭主峰太白山，雨后的秦岭仿佛一幅山水画，右边是渭河河床，沿渭河逆流而上，宽阔的河面上升起层层水雾，天晴了,河面上的水雾渐渐散去,太阳挂在远处的天边，又大又红。

散文篇

背锅盔上学的日子

我越来越爱吃家乡的锅盔。

锅盔是陕甘宁地区的小吃，尤其在关中的岐山、扶风、乾县、武功等地颇为流行。锅盔像锅盖，是陕西八大怪之一。锅盔口感酥软，可长期保存，可冷食，出门携带方便，可以夹辣子、夹臊子、夹菜，很方便食用。

中学之前几乎是吃不上锅盔的。二十世纪六七十年代，关中农村的粮食供应很紧张，每一家的麦面都不够吃，到每年三、四、五月青黄不接的时候，政府会给困难户发一些"返销粮"，农村人叫作"三合一"，不好吃！在那个年代，能吃饱就行了！每年只有在腊月二十三祭灶的时候，家里才烙些锅盔，说是给灶王爷上天路上带的干粮。祭完灶王爷，孩子们每人分一些，宝贝似的咥（dié 陕西方言，吃）一顿。

二十世纪八十年代初期，农村改革以后，农业生产逐年好转，平常百姓家吃锅盔不再稀罕。现在，我还时常怀念那些背锅盔上学的日子。家里距离扶风高中二十里路，平时在学校住宿，周六下午走路回家，周天下午返回学校。不管多忙，母亲总要烙好锅盔，切成小方块，装进条形的竹篮中，临走时让我带上。

母亲没有太多的话，就一句："快走吧，时间不早了。"

拎起篮子，出村口往北边的公路上走。多少次突然回头，看见母亲依然在目送着我！手里提着竹篮，我知道那是母亲对我的关爱和希望。那时候，老师最激励学生的一句话就是："不好好念书，对得起你妈给你烙的锅盔吗？"

思念最是深夜时

天黑了，狭小、灰暗的厨房里，妈妈一个人在烙锅盔……烙锅盔，用柔软的麦秸，或是麦糠，一定要是文火。火越小，时间越长，烙得锅盔越酥脆，越好吃。劳累一整天的母亲，给灶门添一把麦糠，她就打一个盹，这个时候，我常常看到母亲嘴角的一丝丝微笑，我知道，那是母亲在梦里实现了对未来美好的期盼！是呀，哪一个母亲心里没有一个望子成龙的梦？而母亲经常对我说的话是："好好念书，考出去，考出去好！"

朴实的语言，朴素的愿望，这句话烙在我的脑海中，每当我吃锅盔的时候，就想起母亲的话，也正是这句话不断激励着我前行。

锅盔耐放，可以吃一周。学校的早餐和晚餐是拌汤，或苞谷糁子，太稀！灶上也卖馒头，太软不好泡，泡进碗里就酥散开了。只有掰锅盔泡进碗里，不酥散，才好吃，也耐饱。我们宿舍住七个人，每个人都有一个竹篮子。竹篮挂在墙上，怕锅盔被老鼠吃。有些同学，不到周六就吃完了自己的锅盔。没有了锅盔，关系好的同学可以相互周济一下，也有的同学，实在饿了，就偷偷从别人的竹篮中掐一些解解馋。这些偷吃锅盔的事，也成了我们课余的"调味品"！

县城以北的学生家里条件好，烙的锅盔很白，很好吃。我们都很羡慕，总想吃他们的白锅盔。好在我们的辣子酱、炒绿辣椒做得好，所以经常换着吃。高中的时候，能吃在一起，就是好朋友。一个周日的下午，我和同宿舍的李万强聊天，他拿出一大瓶炒好的绿辣椒，我俩拿出锅盔，边吃边聊，不知道是聊得起劲，还是吃得过瘾，晚自习也耽误了。一大瓶绿辣椒全吃光了，一竹篮锅盔也吃光了。

那个年代，家里和学校的生活其实差不多，主食都是面食，吃面条没有专门的配菜，也就是下面的时候，给锅里顺便下几片青菜叶子，调上盐、醋、辣子就好了。早晚餐也大都是苞谷糁子、拌汤之类，不同的也就是家里有锅盔，家里的油泼辣子里油多一些。在关中农村，家长一般不会给孩子讲太多的大道理。家里有学生上学，就算家里的农活再苦再累，家长都要挤出时间烙锅盔。家家如此，学生背锅盔上学，成了一种习俗。每天吃着锅盔，就想起母亲操劳的模样。

益店镇的羊肉泡馍很有名，回家路过是一定要去吃的，这是当地在外的人一个共同的喜好。益店东门的羊肉泡馍几乎成了网红店，而我的真正目的是那一家的"文王锅盔"。文王锅盔，是锅盔中的极品！标准的锅盔馍重十斤，直径一尺八寸，厚一寸二，像一个倒扣的锅盖，边薄心厚，表皮金黄，用刀切开，状如板油，闻着香甜，吃起来酥脆可口，回味无穷！锅盔泡馍，被戏称"清汤羊肉泡馍"，我非常喜欢吃！

自己常年在外地，一次一位同事捎来一块锅盔，我喜出望外，没等同事离开就掰开吃，太好吃了，就是这个味道！第二天，带到单位的食堂和大家分享。当地的同事，拿着一小块锅盔，满脸狐疑地问："干吃？能咽下去吗？"

"干吃！能成！尝尝，很香的！"

我给他们讲，当年锅盔是秦军的军粮，每个士兵配发四块锅盔，装在褡裢里，搭在肩上。军队的锅盔小而厚，打仗时褡裢中的锅盔护着前心后背，可以当盔甲用，敌人射过来的箭，扎在锅盔上，士兵拔下来后，还可以再射回敌人。三国时候诸葛亮草船借箭的招数，也是受到锅盔吃箭的启发，秦军征战六国，靠的就是锅盔！哈哈……

年龄大了，总喜欢吃小时候的饭菜和小吃，口味返璞归真，尤其是锅盔，不仅好吃，还能让我时常想起那些背锅盔上学的日子！外地游子，吃上家乡的锅盔，品尝的不仅仅是锅盔的美味，更包含游子思乡的情怀和一份回味家乡的滋味！

我喜欢家乡的锅盔。

不需打扰的孤独

经常会有那么一刻,心里莫名的烦恼,需要一个人静静地消化。此刻的孤独,不希望被人窥视,不需要得到安慰。不是所有的伤痛,都需要求助别人。因为我知道,时间、独处,才是消化它的最好方法。

有些疲惫

只需一个人

待着

关注自己的

呼吸和心跳

不再孤独

一个人的城堡

一个人的世界

哪怕是善意的造访

都不需要

没事的

我在这里

等候

落在身后的灵魂

静下心来,才能深刻地思考一些问题。因为,走着走着就会迷失方向。

不需打扰的孤独

当一个人迷失方向的时候,需要停下来,重新审视,重新判断方向。每个人都担负着很多的责任,走一段路,看看自己承担的,那些无谓的、多余的,就要卸下来,就像沙漠中负重前行的骆驼,要警惕"最后一根稻草"!

哲学家思考的基本人生问题,正是保安常问的三个问题:你是谁?从哪里来?要到哪里去?是的,很多问题的根源就是以上的三个基本哲学问题。忘了自己来自哪里,忘了自己是谁,不知道自己要去哪里。

安静下来的时候,用心感受自己的一呼一吸。生命的存在和延续有两个基本的条件,一是心跳,二是呼吸,其他都是附属,不起决定性作用。单纯地维持生命,延年益寿,其实很简单。人来世上一遭,不应该仅仅是"来过",或者是比别人多在世上一段时间。那到底是什么呢?

有些人说,人生就是为了享受,包括生理上的、精神上的各种欲望满足。我见到欲望多且强烈的人,为实现内心的欲望而隐忍,其结果未必幸福。欲望满足后,会心生更大的欲望,靠欲望刺激,获得幸福越来越难,正所谓"欲壑难填"!享受带来的"乐"也是稍纵即逝,所以叫快乐。由此可见,生命的最高境界不是快乐。

快乐,是来自西方宗教的价值观,是西方世界认可的最高境界。

中国的传统文化认为生命的最高境界是"清闲"。我认为,这里的"清闲"更多是指心灵上的平和、安静。小时候,经常听老人讲,幸福就是"享清福",也就是这个意思。皇帝要治理国家,重在"养心",皇帝最大的修行就是在"养心殿"里思考。

一个人只要内心平和安静,其行为必然正常从容。要让内心平和安静,有时是很难的一件事情,尤其是遇到困扰的时候,或者是碰到突发事件的时候,又或是遭遇灾难的时候。

保持心静,最好的方法来自平时的修养,个人的修养达到一定程度后,方能处变不惊,从容应对。

一般情况下,遇事也需要别人的开导和指点,但别人的意见仅供自己参考,最终要靠自己选择,需要一个人不被打扰,独自思考!

看到一个人独处,很多亲人和朋友,会心生怜悯,忍不住要去帮忙排解。其实,他未必需要。

心结更多要靠平时的修养自愈!

养心是一个人孤独时最投入、最神圣的自我调整,是自我检查和自我修复的启动,最好的养心方式就是独处一隅,静心调整。

因此,不要轻易去打扰一个人的孤独,只需要张开双臂,去拥抱走出孤独的他!

采草莓

说起草莓,最好的味道在我的记忆深处。

二十世纪九十年代,我工作在秦岭深处的矿山坑口。这里的人们习惯把这个地方称为"工区"。离开工区已经近二十年了,但对工区的记忆总是令人魂牵梦绕。每年春季,结伴采草莓的场景,最令人难以忘怀!

山里有很多野果可以采摘,草莓是最早成熟的野果。每年春天,蜗居了一个冬天的随矿家属和孩子们,相约起来,三三两两上山采草莓。蜿蜒的山路上热闹起来,人流络绎不绝,追打嬉笑,演绎一道最为壮观的浪漫风景!

野生的草莓,分布很广,悄悄躲在漫山的植被里,人们需要走近它,俯下身,或蹲下来,它才朝你眨眼睛。有些害羞的草莓,藏在叶子的下面,仿佛和你捉迷藏,有时你明明看见前方有一颗草莓,可你找呀找,草莓仿佛瞬间躲跑了似的,就是找不到。这时,人们会屏住呼吸,悄悄地、慢慢地拨动每一片叶子。当你突然发现它的时候,心里怦怦然,一丝激动涌上心头,喜上眉梢。

春天里,万木翠绿,山花烂漫。采草莓的人们遍布在山坡上,星星点点。那来回走动的,花花绿绿的服饰才是春天里最令人心动的美景。

傍晚,采草莓的人们陆续返回工区,孩子们争相向大人汇报着他们的胜利成果。这时我会放下一天的工作,看着家属们忙着给老公打水、做饭,孩子们满工区地跑来跑去,分享他们的草莓,这是一幅多么和谐的画面!听着孩子们的嬉闹声和大人们和蔼的赞美声,我仿佛听到了世界上最美的声音,比清晨里清脆的鸟鸣还悦耳!

儿子很小的时候，我和父亲带他在工区住过一年时间，我白天工作忙，没时间带孩子，一般都是父亲照管着，但父亲还要忙小卖铺的事，像采草莓这样的活动，我和父亲很少陪他，一般都是让阿姨们带了去。

"爸，晚饭后陪我去采草莓吧，我知道哪里草莓最多！我采的草莓可甜了！"孩子眨巴着眼睛，哀求着我。

儿子很懂事，知道我和爷爷都忙，平常轻易不说这样的话。看着儿子期盼的眼神，一阵心酸涌上心头，我爽快地答应了他，很久没有陪儿子玩了，也从来没有带他采过草莓。

儿子高兴地在前面带路，小手拉着我，不停地喊我，"快点快点！我带你去草莓最多的地方！他们都不知道呢，我可不告诉他们，他们知道了就采没了，爸爸，是不？"

半路上，他突然跑到路边的草丛中，蹲下，摘下一颗草莓，那是一颗很小、很不起眼的草莓，白里透红，但很鲜活。儿子用两个手指捏着，送到我嘴边。

"爸爸，尝尝我采的草莓！"

我一张开嘴，他就把草莓塞进我嘴里。

我用舌尖反复翻转着嘴里的草莓，仔细品味，久久不忍下咽。

"好吃！真好吃！"

我的眼圈早已湿润。尽管嘴里还有一丝酸甜，但心里早已五味杂陈……这是我尝到的世上最好吃的草莓！酸甜适度，回味无穷！

别人都是大人带孩子采草莓，而我却是被孩子带着，想到这些，心中掠过一阵酸楚。儿子兴奋的情绪，感染了我，我也和他一起，寻找，采摘……

直到太阳落山，我们才满载而归。回家的路上，儿子一路唱着《小红帽》：

"我独自走在郊外的小路上，

我把糕点带给外婆尝一尝，

……"

儿子边采草莓边和我说话，唱儿歌，讲小伙伴的事，也提一些稀奇古怪的问题，我就认真地回答他。慢慢地，我知道了他学的几首儿歌，知道他在工区最好的小伙伴是谁，还知道了孩子们给工区的每一条小狗起的名字。

那天，儿子给我说了好多话。自己整天忙于工作，不知道儿子的世界原来是那样的丰富多彩！

从那以后，我尽量抽时间，带儿子一起上山采草莓。每一次，都到太阳落山，我们才返回。采的草莓虽一次比一次少，和儿子的交流却越来越多。

现在，在西安的超市里，经常看到又红又大的草莓，偶尔买了吃几颗，总找不到工区野草莓的味道。西安周边，每年也搞草莓采摘节。朋友约我，我每次都婉言拒绝。人工栽培草莓，可以使其长得鲜红、个大、好看，却不能复制野生草莓的原汁原味！

每一次想起工区，就想到采草莓的场景，想起儿子塞进我嘴里的那颗草莓！那其中的滋味，在记忆深处，无可替代！

成　都

　　我喜欢成都，由来已久。赵雷的一首民谣《成都》，让我愈加喜欢这座城市。

　　成都，是我到过的第一个省会城市。那是一九八七年的秋季，我前往昆明上大学，途径成都，在成都逗留了一天。上大学对于我来说有了很多的第一次，第一次离家，第一次坐火车，第一次出省，第一次到成都，见到第一个省会大城市。那次对成都的印象是，人太多，车太多，楼太高。成都火车站外，个矮却精悍的四川男人挑着担子雄赳赳地忙碌着，妇女拖儿携女，大包小包地走着。

　　大学四年，每次乘火车都要在成都中转，我对成都的印象更加深刻，更加全面。成都人很勤劳，肯吃苦。而成都又是一座休闲的慢城市，在公园，在房前屋后，在绿荫树下，到处是喝茶、打麻将的人们。

　　走进宽窄巷子，满街的小吃，随处可以小憩喝茶。街巷虽说不宽，但走进每一个院子，都是豁然开朗，里面是另一番天地——川剧、川菜、茶馆及博物馆。西安的回坊，也很热闹，但没有纵深。

　　成都就像是一幅画，只能感受她的美，却不能尽然描述。成都就像一位多情的少妇，妩媚多姿！就像《成都》歌词中"让我掉下眼泪的不止昨夜的酒，让我依依不舍的不止你的温柔……"，让我掉下眼泪的除了酒，还有伤痛的故事，还有分离的思念……让我依依不舍的除了你的温柔，还有你的美丽、你的爱、你的存在……成都是有深度，很难一下子就琢磨透的城市。正因为如此，我几乎每年都要去成都。

成　都

　　到成都一定要找个喝茶的地方待上大半天。不仅要喝茶，还要嗑瓜子，打打扑克或麻将，或者晒晒太阳，发发呆，把自己暂时变成一个闲人。生活有时候并不需要急急忙忙，其实闲下来也没事。

　　尽管自己平时不吃辣椒，但每一次到成都，必须吃一次最辣的火锅。吃火锅的时候感觉就一个字——"爽"！为了体验这种爽的感觉，每一次也都付出不小的代价，不要紧，就算是向成都的麻辣致敬。

　　"和我在成都的街头走一走，直到所有的灯都熄灭了也不停留"，那是年轻人对成都的依恋。我更喜欢在成都的街头坐一坐，直到太阳落山，走进小酒馆门口。

　　与其说喜欢成都，不如说崇尚休闲的慢生活。

臭李子花开

前几日，回到单位，墙边的臭李子已开了满树的白花，格外夺目！今年的花朵，繁茂、鲜活、朝气蓬勃。走近，可清晰地看到新生的花蕊，那样的稚嫩，生机勃勃。每到此时，心生几多欢喜。

这棵臭李子树，就在公司办公楼的侧面，出出进进，每天都可以看到，也不知道是哪年栽的。九年前，我们来的时候，它就在那里了，几年来，也没有明显的变化，默默的、静静的，俨然一位老朋友。

臭李子，又名稠李子、乌眼，大兴安岭林间很常见，当地人叫臭李子。

臭李子花开的时候，花叶相间，自豪地尽情绽放，引得行人忍不住驻足观赏。网上也有赞美臭李子花的诗词，赞美其扑鼻的花香，引来蜜蜂蝴蝶萦绕。其实，它是极普通的，这里的臭李子几乎没有花香，更没有蜜蜂蝴蝶，但是，它洁白、精致、朴实！

臭李子先叶，再花，后果，大概在每年的四月底，大兴安岭的冰雪开始融化，臭李子这时就露出新绿，向漫长的冬季宣战！这嫩绿的枝丫，传递着春天即将来临的信息。虽然臭李子不是大兴安岭最先报春的植物，但它就在我的身边，在大地依然严寒的时刻，它嫩绿的枝丫，仿佛在告诉人们，冬天要走了，春天就要来啦！

十月，大兴安岭早已是万木凋零，森林是一片灰色的世界，这时的臭李子树上，还挂着几颗暗红的果实，异常引人注目。下雪了，红果子顶上落一层薄薄的雪花，傲立枝头，犹如与这极寒季节抗争！这是大兴安岭冬季的灰白世界中少有的颜色,格外美丽,生动!

  院子里的这颗臭李子红果,尽管叶子早已落完,但没有人采摘,它就一直坚强地挂在树上……

父亲的最后一封信

那是一九九五年的春天。

那年,妻在城里,我在山里,幼小的儿子就交给老人带。春节过后,我和父亲带着不足三岁的儿子,一起到我工作的矿区。父亲一边照看小卖部,一边照管小孩。

时间久了,外公、外婆思念外孙,捎话把孩子带回家。他们实在太想念孩子了。

一天,正好有回家的顺路车。收拾好简单的行李,父亲带着孙子准备出发。临行时,父亲和孩子已经坐上了车,张师傅觉得孩子要回家了,随手给孩子塞了一百元钱,说是在路上买零食吃。父亲推脱了几下,说了句:"快谢谢爷爷!"

在一旁的我知道张师傅是一片好意,他家里负担也很重,这钱不能要。于是,我走到车跟前在小孩身上找那一百元钱,想还给张师傅。我翻了半天,怎么找也找不到那一百元钱。当时,我觉得纳闷,嘴里嘀咕道:"怪事!就你爷俩在车上,咋就不见了呢?"

身后的张师傅明白了我的意图,拉着我,说:"干吗呀?不就给孩子一点儿心意吗?快走吧。"随后车开了,我也挥手告别眼睛里噙满泪花的儿子。

时隔几日,收到了父亲的来信。父亲在信的开头写道:

"我和梦梦已平安到家,勿念。临走时,孩子大概是心里不舍,闷闷不乐。不一会儿,就高兴起来了。看见公路上的大卡车,就喊'拉矿车'来了。看见班车,就喊'大客'来了。看来孩子在矿区待久还真不行,见识少了,对孩子将来的发展有影响。梦梦一路上还高兴地唱歌：'小燕子，穿花衣，年年春天来这里……'"

父亲在信中提到了临走那天找钱的事：

"我也觉得不该要张师傅的钱。当时，我还帮你一起找。可你说的那句话我听了很刺耳，好像是我故意把钱藏起来似的。我一辈子虽说没挣过大钱，很穷，但不做让人看不起的事……

"你已经是成年人，而且现在也管人，说话的时候要考虑别人的感受，不要想到哪，就说到哪，我受委屈无所谓，别人不一定能无所谓……

"回家后，在孩子外套的后领底下找到了钱。给梦梦交了羊奶钱。没乱花，你放心！"

"没乱花，你放心！"这几个字像钢针一样刺得我心疼。泪水湿透了信纸，后面的内容看不清了。

我随口一句抱怨的话，让父亲蒙辱，受委屈。我发誓，自己绝没有怀疑父亲，或者责怪父亲的意思，但就是这句话偏偏引起了父亲的不安。我不知道平日里要强的父亲，当时心里是怎样的难堪？我无意责怪父亲的多虑，但我后悔自己说过的话。

尽管事后我向他做了解释，但伤害，就像是在木板上钉下一颗钉子，即使拔了钉子，也会留下一个眼无法弥补。这件事，尤其是信中的那句话一直压在我心里，久久不能释怀。

没承想那封信，竟成了父亲给我写的最后一封信。信中除了伤疤以外，还有做人的道理。父亲语言朴素，他的"说话的时候要考虑别人的感受"，成为我以后和别人说话的准则。

越是亲密的人之间，交流越不设防，说话直来直去，给对方造成的误会、伤害更大。这是因为每个人更注重自己在亲近的人心目中的形象，更看重亲近的人对自己的态度。当亲近的人告诉你，你让他生气了，你一定要及时、真诚地致歉，因为他实在是太在乎你了。

思念最是深夜时

今天,是父亲节,怀念我的父亲。我想起了父亲写给我的最后这封信,想起了父亲生前对我们的教诲。中午同事聚餐,我问大家,作为父亲,我们给孩子留下怎样的教诲使他受益终生?

大家在思考,我也在思考……

割　麦

小时候几乎干过所有的农活，割麦是最苦的，也是印象最深的体验。

一九八七年六月一个周六的下午，临近高考，学校给毕业班放了一天假，但许多同学都不回家。我知道家里收麦一定很忙，也不在乎这一两天时间，一定是要回去的。一下课，提上装馍的竹篮，就急匆匆往家里走。从县城到家二十里，都是公路。平时放学回家，多数是蹭同学的自行车，今天只有自己一个人走路了。

公路上全是碾麦子的，白天农民把收割回来的麦子摊到公路上，让往来经过的汽车碾压。一家连着一家，像接龙一样，一堆一堆的麦子，还有满地的秸秆和飞扬的麦糠。司机小心翼翼地行驶着。这些年管制严了，已看不到这种壮观的场面了。

关中农民一年最忙、最累的就是"三夏"的时候，不过自从农村实行联产承包以后，农民把玉米的夏种进行了改革。在收割小麦之前，已经把玉米种子人工点播在麦地了。这样能轻松一些，不像从前那样紧张。到了夏收季节，人们早上五点左右开始干活，到晚上九点左右收工，一天要劳动十六个小时。农业社的时候，标语称夏收为"龙口夺食"。这时候的雷雨比较多，夏收须分秒必争，从一个"夺"字就可想夏收的紧迫。一家中也是全员参加，应了古语"三夏大忙，绣女下床"之说。

看着一路忙碌的场景，我思绪万千。今年高考是背水一战，考上了，这几乎就是最后一次割麦，考不上，割麦可能是一辈子摆脱不了的事。父辈们面朝黄土背朝天，眼睛一睁，忙到熄灯。长年累月地辛苦劳作，换来的是十分微薄的收入。在我们村,每人的承包地也就是一亩二分。土地按一年两料不停歇,小麦、玉米都按一亩八百斤产量计算,每斤售价三毛钱,每个人一年的毛收入也就五百七十六元。扣除种子、肥料、农药、浇地、农业税等,还能剩下多少?还有人工没有计算呢?因此,农村联产承包以后,仅靠在家务农是养活不了一家老小的,必须外出务工。大量的农民工涌入城市进入建筑、工业、服务等行业,农忙季节就回农村夏收。这是那个时候农村的真实状况,也是自己不得不思考的问题。

回到家里快七点了。家里没人,估计这会儿都还在麦场。于是我放下竹篮,赶紧去麦场帮忙。麦场是堆麦、碾麦、晾晒麦子、堆麦秸的地方。过去农业社的时候,有专门的大麦场。现在两三家合起来共用一个麦场,不是专门留用的,而是选一块离家近的地方,每年九月份种上油菜,等收麦之前正好收割完油菜。把场地腾出来,用石碾子反复碾压,硬化后就是麦场了。

晚饭后,大家各自忙碌。我把镰刀集中在一起,拿了磨石,端来半盆子水,开始磨镰。磨镰,是一个细活,不能急,要掌握镰刀和磨石之间的角度和方向。对于这些技术,一般都是大人跟你简单一说,哪有时间耐心教你,全靠自己琢磨和体会。

周日早上五点醒来,父亲已经在收拾农具了。父亲说早上凉快,先去割最大的那片地。于是父亲、母亲、大哥、妹妹和我,拉上架子车,装上镰刀、麻绳,戴上草帽就出发了。临走时,母亲说了句:"要不要提上一电壶水?"父亲骂了一句:"干活要像个样子,赶紧走,不喝水能把人渴死?"吓得我们都不敢吱声,悄悄地跟在父亲后面。

在我的印象中,农村人的脾气大,尤其是在农忙的时候。在麦场上,大多数男主人在大声地指教子女,此起彼伏,好不热闹。如果再一变天,担心麦子淋雨,一着急就更厉害了。男主人站在麦垛上堆垛子,老婆孩子帮着递麦捆。要是垛子偏了,快要倒了,那责任就大了,有些脾气大的就开始骂人了。也不是农村人的脾气大,我的理解是农活太苦太累,那些"骂"并不在

割　麦

其本身，可能是为了宣泄吧。常常看到耕地的时候，地里只有一个人和一头牛，也是照骂不误，骂牛不是东西，一个人和牛在较劲。一开始我也纳闷，你骂牛，牛也听不懂，图啥？等我长大了，慢慢就理解了，那是单调劳作时的交流，是艰苦劳作时的宣泄。

在农村艰苦的环境下，那时的农民没有几个是发自内心地感到劳动的喜悦的。农活在他们眼里是不得不干的事情。种了收，收了种，早已成了习惯。村子里的长辈见了我们这些学生，经常会鼓励：娃呀，好好念书，以后就可以在"凉房"底下工作了，不用晒这大太阳！

他们嘴里的"凉房"就是办公室。

我们到了地里，父亲先沿着犁沟（方言，指相邻两家的地界）踏出两条界线，免得看不清误割了邻家的麦子。父亲告诉我们，要是不小心割过界了，一定要把割下来的麦子放在人家的地里。

我们一人一溜子，开始搭镰割麦。

年年都割麦子，虽说我的动作慢一些，基本动作还是会的。先割一小把麦子，分成两撮，麦絮对麦絮一拧打个结，叫麦绳，扎麦捆用。把打好的麦绳铺在地上，展平，不要让打结处翘起来。割麦的时候，左手、左臂膀把麦秆拢向左面，右手拿镰刀开割，配合左脚的移动，等割了一大抱，左手、左脚和右手的镰一起配合，将一大抱麦子放到麦绳上。等足够一捆时，开始扎捆。用一只膝盖跪压麦捆，双手拉紧麦绳打个结，一捆子麦就捆好了。顺手立起来，便于继续晾晒。哥和父亲割得快，两抱就是一捆。我不行，总是脚手配合不协调，一抱也割不了多少。如果麦子长得稀疏一些，弄不好还会散了。常常觉得自己笨，因为这个"笨"也没少挨骂。母亲不是这样割，她是割一大把，放下，再割一大把，放下。母亲这样也挺快的，我就是学不来，但一般母亲不会骂我。

麦子割得好不好，主要看割完的麦茬是否低，是否齐整。是不是割麦的把式，看麦茬就知道了。我刚开始不熟练，心里急，镰刀经常会砍到地上，这样不但费镰刀，麦茬也是不好看，高低不齐，自己看了都脸红。不过母亲说，麦地的玉米种子都快发芽了，麦茬高低无所谓，不要太高就行。

割了一会儿，我抬头一看，他们已经割到前面很远了。本来还想直起身子，伸伸懒腰，站一会儿，算了吧，就这都落后了，抓紧吧。很多时候，家长并不是要你一定干什么，要你干多少，他们就是用自己的行为来带动你，给你造成一种无形的压力。同样的条件下，人家比你干得快，干得多，不喊苦，不喊累，不抱怨，你还有什么不服，有什么借口。我们就是在这种无形的压力下成长起来的，不用扬鞭自奋蹄，一切靠自觉，是我们这一代人共同的特点。

关于教育子女好好学习，在那时候的农村，父辈们其实就是把残酷的现实展开给你看，让你自己亲身体验。家长带领孩子一起劳作，在无数次的劳动体验后，孩子们既看到了父母的艰辛，又悟出了生活的真谛。农村的家长也没有多少大道理给你讲，就是把农村的现实、农活的艰辛让你反复体验，逼着你做出正确的选择。

夏天的太阳，一出来就让人觉得火辣辣的，加上麦田里的湿气，感觉像蒸笼一样的闷热！我不习惯戴草帽，觉得戴草帽闷得慌。太阳一照，满头大汗，额头的汗水往下流，流进眼睛感到刺痛难忍。忍不住就用衣袖去擦，衣袖上沾了麦芒、灰尘，用衣袖一擦，麦芒、灰尘也弄进了眼睛，刺痛感越发强烈。我没有带手帕的习惯，手也不干净，起初用纸巾擦，纸巾用完了，只有直起腰，使劲地反复闭眼睛来缓解。母亲看到了，过来递上手绢，小声说，记得下次装上手帕，最好拿上毛巾。母亲的话是暖心的。我也是自己跟自己过不去，一心要追赶，要快。越急，越出汗。真的感觉自己很窝囊，割麦的速度这么慢。母亲常说，心静自然凉。可是我的心也静不下来，汗更凉不下来。

说起来也怪，别人累了都是后背容易出汗，而我却是头上脸上爱出汗，后背一点儿汗都不出。搞得我经常都不好意思用"汗流浃背"来形容劳累。大家在一起干活的时候，其他人的后背湿了一大片，而我后背一点儿都不出汗。大人就经常夸那些"汗流浃背"的人，忽略了我，我感到很不公平。

太阳一出来，别人脱掉外套，里面是长袖的单衫，而我直接是一件背心。

割 麦

尽管母亲经常要我夏天干活时一定要穿长袖衫,我就是不听,穿了也是挽起袖子干活。赤裸的胳膊和麦秸、麦芒接触,加上出汗,细小的麦芒、灰尘就沾到胳膊上,再一出汗,胳膊上像针刺一样的疼。脸上的汗多了,一着急用胳膊再一擦,脸上也开始刺痛。胳膊长期被太阳晒,晒得蜕皮。不仅是割麦速度慢的问题困扰着我,浑身刺痛一样折磨着我,而我把这一切都归结为"笨"。心里越想越感到窝囊,父亲一般看到这种情况,轻则用眼睛瞪两下算了,重则骂一句:"笨得跟猪一样!"

对父亲的责骂,我是永远不记恨的,只会在心里更加埋怨自己做错了事,惹父亲生气了。记得某个星期天下午,我借了同学的自行车,去学校的时候要捎一袋子小麦。眼看着天快黑了,自己就是把小麦袋子、锅盔篮子捆扎不好。这时候,父亲走过来,三两下捆得结结实实,嘟囔一句:"笨得跟猪一样!"说完就走了。这时候我听到这句话,内心是感激的。每当父亲要教我,要帮我的时候,都会来这句"笨得跟猪一样"。在关中,我们那个年代以及以前的父辈,对子女在语言上的关爱是十分有限的,从来不说"我爱你"之类的话,这类话他们会觉得害羞而说不出口,不会用语言表达关爱。堂前教子,宁给好心不给好声!

到了上午九点多,太阳更毒辣。嗓子干涩,张开嘴都能冒火一样。别人家有提水的,还能解解渴,而我们只能硬抗。这个时候腰酸背痛,后腰就像变成了一块砖似的难受。我突然发现父亲的腰里系了个腰带,便小声问母亲,母亲说:"今年你爹的身体开始不如从前了,经常喊腰疼,都是年轻时落下的病。"看见父亲在前面依然风风火火地干,自己愈发觉得懊恼。

十点左右,很多人家都陆续回家吃早饭了。没有父亲发话,我们谁也不敢说话。大家就这样默默地坚持着,谁也猜不透父亲的安排。每一次干活到了该吃饭的时候,父亲就是不发话。自己也无数次在心里埋怨过,吃了饭再干不是一样吗?感觉父亲有点儿不太讲理。感觉归感觉,那仅限于内心的活动,最后还得坚持,还得忍耐。而每一次过后,都觉得父亲的安排又是合理的。父亲给我最大的影响就是"忍",有些事情,在你感到悲伤、失望的时候,你会发现忍一忍，坚持一下，也许就会柳暗花明。

父亲终于发话了，让母亲和妹妹先回家做饭，我们加把劲儿把这片地割完，看着这两天天气没问题，麦捆晚上不用拉回去，今天把所有麦子都割完。父亲每次安排都是经过深思熟虑的，也是不容变更的。后来的事实证明了父亲的安排是很正确的。人常说，麦熟一晌，蚕老一时。在接下来的两天时间艳阳高照，麦子割的时候开始掉穗子，许多人都夸赞父亲的先见之明。

到十一点的时候，那一片麦子被我们全部割完了。回到家，急急忙忙吃过饭，我赶快拿来磨石，开始磨镰。今天割麦子的任务还很艰巨，一定要把镰磨好。昨晚磨的镰刀，早上父亲没有说什么，那已经是对我最大的赞扬了。心里美滋滋的，磨起镰来也很带劲。尽管自己割麦子还很慢，但在心里头，也给自己打气鼓劲——熟能生巧，我能行！期待着自己把事情做好，像磨镰刀一样，不让父亲责骂、生气和操心。

临出工的时候，父亲突然对我说："你别去了，算你今年割过麦子了。你妈把锅盔昨晚就烙好了，收拾一下走吧。"

他们又下地了，留下我泪流满面……

没想到，这一次竟成了我最后一次割麦。父亲对我的训斥，也是最后一次，以后再也没骂过我。

父辈和亿万农民一样，他们为了生活，把务农作为养家糊口的手段，为了肩上的责任，再苦再累，也得忍，也得坚持。在他们的内心，多么希望自己的子女有更好的生活。

而我割麦子，更多是希望能给他们搭把手，减轻一下家人的负担。那个时候，对父母感恩和爱的唯一表达就是替他们多干活。

回忆割麦，令人难忘！令人难忘的不仅是劳作本身的艰辛，更是父辈们农村生活的艰苦和养家糊口的不易。

回忆割麦，是对父辈的致敬，更是对成长的致敬！

割麦，让我继承了父辈们的负重前行和坚韧不拔！

怀念老曹

老曹，是我以前的同事。年前辞世，仅六十八岁。

吊唁时，看着老曹的遗像，顿生悲伤。想不起来，和他的最后一次见面是在哪里？说了什么话？有时候，和某个人的见面，突然就成了诀别，想到这里后心发凉。

对一个人说过的话，有时候就真的成了最后的交谈。管食堂的老李，有一次从汉中买菜回来，已经是晚上八九点了，来邀我喝几杯。我知道老李有严重的心脏病，开玩笑地说："还喝呀？我不去。老李，再喝你就完了！"第二天，老李真的"完了"。虽然是一句玩笑话，但这句话却成了我和老李的最后一句话。多少次，我为对老李说的不吉利的话深感后悔，但是我却永远没有解释、求得原谅的机会了。

我参加工作就和老曹认识。老曹是我同一个县的老乡，中等个子，眉毛硬而长，脸上棱角分明，人精干、利索，是典型的关中汉子。那时老曹四十岁左右，掘进工，高级工人技师。全公司总共只有两个井下工是高级工人技师，大家都很敬重他。关中来的大学生，几乎都喜欢和老曹相处。原因是老曹不仅工作一流，擀面条、燣臊子、做臊子面也是一流，我们这些单身学生都好这一口。

在一次酒场上，我对老曹说："你太能（能，陕西方言，优秀的意思），晚年不一定幸福。"当时，纯属开玩笑的一句话。老曹退休后的第二年对我说："你当年说我晚年不幸福的话，当时我不信，还有些生气，现在看来，你说的话应验了！我退休后过得真不幸福。"老曹是很认真地表达这段话的，说话时一脸的迷茫。其实,我当时觉得老曹几乎就是个"完人",太优秀了。想起农村一句老话:"人太能,老年不好过。"当时主要的意思是夸赞老曹的优秀,没想到让他记住,而且对号入座了。

老曹在矿上工作,老伴和孩子都在农村。其实,我观察过像老曹一样长期两地分居的家庭,退休后都会出现磨合、争吵,甚至离婚的情况,和老曹"能"的关系不大。常年在外,一个人独来独往,养成了矿工的生活习惯。老伴在农村,大事小事都要管,没有依赖。几十年下来,习惯了凡事做主,生活让她成了独当一面的人。退休后,两个都习惯做主的人在一起生活,难免意见不一致,各执己见。好一些的,磨合一段时间就好了,多数会闹别扭很长时间,老曹就属于后者。

尽管如此,老曹依然乐观。一次有人问及老曹,你那么聪明,怎么也处不好退休后老夫老妻的关系呢?说实话,这也是很多人想不明白的问题,老曹来了一句,皇帝能安邦定国打江山,不也管不了后宫吗?惹得大家哈哈大笑,老曹也一起风轻云淡地笑。

汉中的冯师傅,和老曹一样退休后和老伴成天吵吵闹闹,已经到了"不共戴天"的地步。冯师傅后来住单位不回家了,要不就离婚。老伴找到单位来,两口子继续吵。后来劳资科的宴科长出面劝说,两人才平息了矛盾。

老曹年轻时喜欢篮球,老了喜欢看NBA比赛。那些年,NBA正是乔丹的年代。老曹虽说是工人,说起NBA、公牛队、乔丹、皮蓬、罗德曼,那是滔滔不绝。那时候老家看不了NBA,最近也要到扶风县城。每年的NBA总决赛正好是关中收割麦子的季节,老曹不管夏收多忙,都要骑上电动车去县城的儿子家看NBA比赛。老伴生气地骂他:"你现在是农民了,不顾农活看球赛,还以为你是工人?真是土猪洋耳朵!"

老伴骂着,老曹一场不落地看着。村子里没有人和他一起分享,他就打电话和原来的同事一起分享NBA赛事。他说起每一场比赛、每一个队员,都滔滔不绝,津津有味。我尽管不算NBA的铁杆粉丝,但NBA每年的总决赛也常看。老曹有一天下午给我打了半个多小时的电话，聊的全是NBA。听着他说他的NBA，俨然不像六十岁的人，倒像是激情四射的热血青年！

老曹是个兴趣广泛的人，打麻将，打扑克，拉二胡，下象棋，据说年轻的时候，下象棋得过全公司的冠军。但老曹轻易不和人下，印象中只和老郭下。老曹下棋很热闹，他走棋的时候，提前告诉老郭，车没了，老郭不信，走着走着车就真的没了，搞得大家哈哈大笑。他还常常让老郭悔棋，但每次只能悔一步，老郭每次都下不过老曹。打麻将，老曹也是一把好手。他不但和五十多岁的同事一起玩，也和年轻人一起玩，和谁都不生气。老曹的口头禅是，打牌嘛，不就是图个玩耍，何必太当真。

老曹酒量不行，但他赢了钱就请大家喝酒，他喜欢和年轻人在一起，喜欢听社会上的新鲜事。按老曹的话说，喜欢和有知识、有文化的人在一起。因此，大学生和一些年轻的领导都喜欢和老曹来往。年轻人给老曹聊外面的新鲜事，老曹给年轻人讲单位里的人情世故。年轻人有了困惑，也爱找老曹说。老曹是个热心人，也是个实在人。刚走出校门的学生，走上工作岗位，谁没有困惑纠结的时候，经老曹的开导慢慢就好了。时间一长，大家和老曹的关系就不一般了。当然和老曹来往直接的好处是，可以吃上他亲手擀的面条。

老曹很靠谱，做事稳重。一次，工区的一位年轻主任突然对老曹说："老曹，今天许某把我气坏了！整天就听一把手的话，从来不把我当回事！我把他的班长职务给免了，你去当班长。"老曹说："领导，你在气头上，要不再考虑考虑。"领导真是在气头上，硬逼着老曹马上取而代之。老曹聪明，先答应下来，然后私下去找许某说明情况，并督促许某主动和主任化解了矛盾，消除了误会，最后皆大欢喜。

老曹对孩子的教育和培养是很重视的。他两儿一女，大儿子大学毕业在县城工作，老二在外地打工，女儿大学毕业在西安工作。老曹的三个孩子都很孝顺，懂事。这也是老曹引以为豪的事。他常说在培养子女方面，经常和老伴吵架，老伴是个实实在在的农民，没上过学。每一次老曹探亲回来，都要讲讲老伴的故事。有一回，老曹说他老伴晚上问他："今年咱这干旱不下雨，听天气预报说，除了"局部"地区有雨，其他地区天天都是晴天。你说，局部在哪里？那个地方怎么那么好？"老曹讲完哈哈大笑。

老曹在工区，对周围农村的老乡很好。有一个经常来工区玩的老乡叫张宝。张宝爱打麻将，输了逢人就借钱，工区只有老曹肯借给他钱。张宝也喜欢去老曹的宿舍喝茶，喜欢和老曹一起"掀牛"（一种纸牌）。附近老乡来工区卖菜、卖鸡蛋，老曹从来不讲价，还经常把用不完的劳保送给他们。老曹，是个好人！

听到老曹病逝的噩耗，我们都感到惊讶！在大家的印象中，他没有一点儿老态龙钟的样子，怎么就……平时心态好，心情好，怎么会得癌症呢？意外，真是意外！可是谁又能知道明天早晨太阳和意外，哪个先来？

老曹得的是肺癌，从检查出来到走，只有不到四个月的时间。一开始家人对老曹隐瞒着病情，后来他知道了。索性不吃任何东西，直到咽气。他老伴对我哭诉："他走的时候，一句话都没交代，啥也不说，就走了，走了……"

我离开原来的单位已经十几年了，工区是我魂牵梦绕的地方，时常会想起那里的人和事。如今能记住的人越来越少了，能记住的故事就更少了。然而，老曹和老曹的故事仍然记忆犹新。他虽然永远地离开了我们，而他的容貌和他的故事还深深地留在我的心里。

看过一部外国电影，大概是说，人死后，只要世上还有人记住他的样子，还有人在怀念他，那么他的灵魂就在，直到没有人记得了，没有人怀念了，他的灵魂也就永远地消失了。如果这种说法是真的，我将毕生怀念、记住老曹，记住和他在一起的快乐时光！

老曹，一路走好！

回家过年

有句歌词写道：有钱没钱，回家过年！

回家过年，是中国人最现实、最大的信念，是中国人最广泛、最神圣的仪式感。中国的春运，是世界上最大的人口流动，也是中国人坚持和拥有"回家过年"情愫的很好印证！

生活就是过日子，日子很长，需要必要的休整。辞旧迎新，是回家过年的意义之一。

停下来，梳理一下，给人生打一个结，把过去和未来分开。让所有的不愉快、烦恼和失意统统翻篇。祝福未来，希望"年"是一个转折。让好运继续，让不好的转好，所有的愿望都能实现。

放下眼前的烦恼，给来年一个美好的期许。过大年，先让自己活在节日的美好期望中，相信过了"年"一定会时来运转！

年是时间的节点，按说在哪都能过。但是，必须"回家"过年。回家过年，主要的意义在于一家人的团聚和祭祖。

过年于中国人的文化意义主要是家人的团聚祭祖，最根本的价值观是相信宗族血脉。打拼一年，一定要回到家，和亲人分享成功，或者吸取力量。把逝去的先人请回家，一起过年。缅怀祖宗德范，继承先人风节，融通天地万物，期盼家人幸福。

社会的发展，越来越需要人们之间的帮助与合作。利用过年，集中走亲访友，联络情感，安排人生秩序。分享自己的快乐和成功，把最美好的东西，分享给亲人和好友。

过年，可以维系情感，祝福未来。见不上面的，发短信、微信，打电话，这不仅仅是形式，更是一种牵挂和亲近。我和你联系，表示我认为和你亲近，在过年这个重要的日子里，要祝福你。在通信发达的今天，过年不联系的朋友，以后的往来可能越来越少。

方便见面的就坐一坐、聚一聚。过年期间能坐一起的基本都是至亲和好友，喝年酒，说年话，共叙友情，展望未来。

回家过年，是中国人的习惯，也是中华民族的优良传统。回家过年不仅是一种仪式，更重要的意义在于找到"根本"。儿行千里母担忧，"家"就是归宿，就是本源。大千世界，和你关系密切的人不外乎两种，一是亲人，二是友人。在每个人的手机中，不知不觉有了很多"朋友圈"，在虚拟的网络世界中，有些人似乎过得很滋润、很风光，其实最和你密切且长久的两个圈子就是"亲人圈"和"好友圈"。维系好亲人和好友的关系是立身和社交的根本。

最后，在这里给爱我的和我爱的亲人送上春节的祝福！给陪伴我、帮助我、支持我、激励我的好朋友送上美好的祝福！春节快乐！幸福安康！明年会更好！

拉土、起圈

一九八一年的夏天，关中西府连降大雨，秋田几乎全部受损。我所在的秦家庄，是关中西府的一个小村子。洪涝灾害十分严重，社员们忧心忡忡。对于靠天吃饭的村民来讲，秋粮绝收，就意味着明年的日子不好过。

这年，我小学毕业。秦家庄和我一起毕业的小伙伴，一共有二十几人。我们的小学是在本村上的，秋季要去邻村的万杨学校上初中。小学升初中，这个假期没有暑假作业，伙伴们早就盘算着假期怎么玩。小学毕业，也算是人生的一个小小的阶段，到初中，会认识许多新同学。想到这，小伙伴们更加兴奋了！

几个小伙伴在一起商量，怎么度过这个难得的假期。要不整天就是给猪拔草，帮大人干活，多没劲。现在回想起来，那个时候孩子们有大把大把的时间玩，而当时总感觉玩的太少。男孩子喜欢玩一种游戏叫"斗鸡"，就是用手盘起一条腿，单腿跳走，形似战斗的公鸡。分开两组，用膝盖去冲击对方的人，或直接冲撞，或挑，或压，各人有各人的高招。双腿落地算失败，要退出，全部击倒对方算赢。每当我们玩得正嗨的时候，谁家大人一喊，这个人就立马跑回家。尽管心里是多么的依依不舍，但大人的话不容含糊。

有人提出上北山打核桃。北山在麟游县，如果走路去，来回至少要四五天时间，在哪住？在山上住吧，听说山上有狼。一听山上有狼，大家都摇头，再说家长也肯定不会同意的！不过三宝去年去了一次北山。三宝没有考上初中，他爹把三宝打了一顿。三宝趁家里人不注意，偷了家里瓷坛中的几个鸡蛋卖了，离家出走了。家里人急坏了，三宝他爹是个脾气暴躁的人，扬言三宝回来，要打死三宝，并说这不争气的东西迟早是个祸害。

三宝妈一听，骂了起来："只要娃回来就谢天谢地了，千万别打娃了！娃跑出去，都是因为你给打的！娃要是回不来，我就不活了！"

"怂娃，不好好念书，连一个初中都考不上，回农业社干活，年龄都不够。打一顿，还跑了，有本事不要回来，省得老子养他！"三宝爹把烟锅嘴使劲在石头上狠狠地敲。

左邻右舍都来安慰。劝他先把娃找到再说，不行了给校长说说，让留一级，明年说不定就考上了。

第四天，在麟游县工作的三宝的大伯发现了下山的三宝，给领了回来。当三宝走进村子的时候，正是下午收工的时候，三宝妈和邻里担心他爹再打娃，不敢让三宝进院子。三宝爹出门，看到面黄肌瘦的孩子，喊了一句："还不回去吃饭，看把你个兔崽子饿死了！"

大家这才松了一口气。

后来，村子里的伙伴都问三宝，北山有狼没有？他说，没有见到狼，好像是听到狼叫了，吓得他都尿裤子了。

在关中农村，一日三餐。早上先下地干活，九点多吃早饭。吃完早饭，又下地干活，下午两点吃午饭。吃完午饭，下地干活，到六点吃晚饭。关中西府把晚饭叫"喝汤"。晚饭一般都很简单，但不管吃啥，都叫喝汤。关中人从古到今见面打招呼，白天都是"吃咧么"，晚上都是"喝咧么"，反正是一句问候，也就不必认真。回答一般都是"吃咧""喝咧"。也不再追问"吃得啥"，也不回答"没吃呢"。如果那样就尴尬了，用现在的话说，把天给聊死了。

那一年，尽管全国都已经开始了轰轰烈烈的农业改革，但西府的几个县还没有开始。要不要联产承包，成了人们茶余饭后争论的热点话题。村上的干部去山东考察回来，宣传改革的好处。也有些人担心包产到户、"拉牛散社"后，会不会走回头路，会不会出现新的地主等。不管怎么争论，大家一致认为，

拉土、起圈

咱祖祖辈辈是农民，种地交公粮是天经地义的事，吃饱肚子是天大的事。

我们几个小伙伴也听说了一些，常常也在一起讨论自己的未来。目前的形势是，工人的子弟可以接班，接班还是工人。工人的子弟可以考技校，技校出来也是工人。可咱是农民的后代，初中毕业可以上高中，如果不上高中，就回生产队当农民种地。高中毕业考不上大学，也一样回村当农民。因此，要跳出"龙门"，只有考学这一条路。初中考中专，高中考大学，能过这一座独木桥的人不足百分之十。大多数学生要留在农村，成为像祖辈一样的农民。

喝完汤后，一家人在院子里纳凉。母亲一边扇着扇子，一边对我说：

"过几个月你就要上初中，你哥上高中。上初中就是大人了，要开始劳动锻炼。上初中考上中专就上，考不上还得回生产队挣工分。从现在开始，你除了拔猪草和自留地的活以外，拉土、起圈这两个活也是你的。原来是你哥在干，现在轮到你了。"

我笑着答应了，这是我意料之中的事。在关中农村，家家养猪，一般在后院圈养。猪圈的猪粪需要用土一层层填埋，主要是为了沤肥。猪粪在那个年代是不可或缺的肥料，也是最好的有机肥。因此，常年要保证猪圈用土，就得从村上的土壕往家里的猪圈拉土。等到了腊月，要把猪圈的猪粪一车车拉到自留地去，这叫"起圈"。我知道，这是我们这里的习俗，一上初中，拉土、起圈就一定是我的事。和关中西府的所有少年一样，要肩负起这项艰巨的任务。父母一天三晌给生产队出工，没有时间干这些。自己大了，理应替大人分担一些。家里养猪，生产队就给多分二分地，能多一些收入。

像我们家四个孩子，就父母两人出工，一年到头挣的工分买不回一年的口粮。生产队一开始分粮、分油是按人头预分。每年秋季过后，生产队统计出每个家庭的工分，把工分折算成钱，用钱计算出每个家庭应分得的粮油，最后决分，这就叫"秋后算账"。每年到了决分粮食的时候，没我们家的份，因为我们家吃饭的比干活的多，属于"短款户"。决分粮食时，不但分不到粮食，还倒欠生产队的"钱"。

那个年代，作为农民，就是为了挣工分。只有挣足工分，才能保住口粮。谁家年年是短款户，小孩长大连媳妇都娶不了，嫌你家穷。在生产队，每一位社员干一天得的工分是不一样的。每一年大家在一起评工分，确定每个社员是几分工。一般男劳力，一天最多十分工。表现差的就九分、八分、七分不等。我父亲是十分，他干一天就挣一个工日。妇女最高是每天八分，干一天活挣零点八个工日。我父亲早上三分，上午三分，下午四分，干满三晌，才能挣十分，也就是一个工日。刚毕业的学生，男的从六分工开始，女的从四分工开始。一九八〇年，我们生产队一个工日才折算一毛六。也就是干一天，我父亲可以挣一毛六，母亲挣一毛，全家共计两毛六。这两毛六是远远抵不上六口人的口粮的。那个年代，每一个人都有一个工分本，记得清清楚楚。大人们尽量不缺勤，出满工。在工余时间还要照料自家的自留地，基本是"眼睛一睁，忙到熄灯"。因此，拔猪草、拉土、起圈，就是我们的事。

家长对我们"拉土、起圈"的要求，我们是欣然接受，没有丝毫怨言。每天早上起床，睁开眼睛的时候，父母早已经开始忙碌。晚上入睡的时候，父亲还在整理农具，母亲还在炕上转动纺线车。从小到大，永远不知道他们是什么时候睡的，什么时候起的。不像现在年轻的父母，总是抱怨孩子不听自己的话。殊不知在孩子的眼中，爸爸在喝酒、打麻将，妈妈在看电视、玩手机，还要给孩子抱怨自己的辛苦。孩子看不到你的艰辛，自然不听话。我总在想，像我们二十世纪六七十年代以前出生的人，谁没有亲眼看见父母的辛劳？大多数人都有感恩和孝敬父母的心，自然听他们的话。当一个人用自己的行动为孩子树立典范时，必将赢得孩子的尊重、敬畏和效仿。

按我家猪圈的空间，一周需要拉两架子车土。现在还能想起来我第一次拉土的经历。一大早，装上撅镢头和铁锨，拉起架子车就出发了。我们村子的土壕在村子的北面。关中平原取土都是往下挖，土壕都是在低处。到了土崖前，抡起镢头挖土。可是土崖太硬，挖了半天也不见土下来，还把手磨出一个大大的泡。自己感到的只有惭愧。自己连土都挖不了，将来还能干啥？

拉土、起圈

后来放慢节奏，用好力，一下，一下，效果好多了。自己劲儿小，头一下挖得很浅，那就争取接下来挖到原来的地方，这样会别下来一大块土。挖好了，把土一锨一锨铲上架子车，装了满满的一车。因为是自己第一次单独拉土，为了获得家长的赞誉，我给车帮上垒了好几大块土。拉起架子车，一开始不觉得沉。等上土壕出口的坡时，任凭自己使出吃奶的劲儿都拉不上去。退回去，再冲一次，还是失败。我停下来歇了歇，喘口气。这一次，我在路上挖了几个脚蹬的窝子。因为有脚窝子，所以多走了几米，还是到不了坡顶。最后，我仔细一想，从土壕到家里，只有这一个上坡，干脆先拉半车上去，再拉半车上去。当我拉着满满一架子车的土，走到村子里的时候，一路都是啧啧称赞，一早上吃的苦都不算什么了！到家了，母亲递给我毛巾，悄声说："土壕的坡不好上吧？一定是分两回拉上来的。以后不要硬撑，慢慢就好了。"听了母亲的话，我心里暖暖的。

以后，确保猪圈的用土，就是我的事，不管什么原因都不能让父母操心，不能让父母督促。因为我知道，父母心里装的事太多了，不能因为自己的不担当，让他们分心。什么是责任？就是把你该做的做好、做对，那就是负责。什么是爱？爱就是在没要求的情况下，自觉、自愿地付出，而且这种付出一定是对方最需要的。当年，能给父母分担的，就是拉土起圈、拔草养猪。能回报父母恩情的，就是无怨无悔地担当。

寒假到了，我做了假期计划，起圈当然是一件重要的事情。可是，事情没有我想象得那么简单。起猪圈远比拉土困难得多。猪圈经过猪一年的反复踩踏，加上冬季下雪，一层一层都上冻了。一镢头下去，就像砸到石头上一样，一点儿都进不去。忙乎了半晌，才用了不到一架子车土，顿时灰心丧气。我盘算着起圈需要的时间，现下已临近春节，自己还有寒假作业要写，还和同学约好一起去益店镇赶年集，还说好去好几个同学家转转。想着这些，自己就气恼不已。索性坐下来，看着那头肥猪在那哼哼地、悠闲地走来走去，我一下子来气了，抡起铁锨打了那讨厌的肥猪几下，要不是这个肥猪，我干吗要起圈？肥猪被打得嗷嗷直叫。这时母亲从身后走来，二话不说，拿起镢头就挖。她说，起圈要有窍门，先挖开个口子，从地下掏，地下是软的。地下掏大了，上面就容易挖。我听了母亲的话，觉得十分惭愧。自己不想办法，还迁怒于猪。母亲并没有责怪我，只是小声说，出出气可以，不要把猪打死了。打死猪，今年我们家的年就过不了了。

那一天我乘着月光一直干到深夜看不见为止。洗漱后，磨蹭着不进屋。一会儿看看窗外的炕眼儿门是否插好？一会儿看看厨房门是否锁好？母亲看出了我不敢进屋的心思，把我叫了进去。当我躺在炕上，母亲在炕头摇着纺线车，在这日复一日熟悉的旋律下，我依然惭愧难当。

母亲说："农民不好当！农村太苦了，想过上好日子，就好好念书。考出去，就会好一些。我和你爹也是有教训的，你看你爹成天脾气不好，生产队的活太累，没黑没明地干，却养活不了一个家，你爷、你婆在的时候更难，眼看着生病了，却没有钱上医院，骂你们的时候，不要怪他，他是跟自己过不去呢。"

后来我才知道，原来父亲母亲都当过工人。随着二十世纪六十年代初的返乡潮，回到农村，又当了农民。农村一直是大集体经济，生产队的社员出工不出力。劳动效率低下，人哄地，地哄人，粮食产量很低。去年，父亲随着大队干部去了山东，亲眼看见了山东联产承包后农民高涨的热情。他回来后，见人就讲自己在山东的见闻。让父亲着急的是农村改革的春风什么时候才能吹到秦家庄。

一九八二年的秋天，风调雨顺。秦家庄也迎来了轰轰烈烈的农村改革，秦家庄的春天来了。

村里的大部分耕地都分到了农户手中，实行联产承包责任制。农民空前的劳动热情被激发出来了，农村出现了欣欣向荣的景象。由于生产效率的大幅提高，农村大量的劳力被解放出来。很多人，除了种庄稼，还进城打工。父亲也除了干地里的农活以外，开始做起了木匠活，贴补家用。

一天晚上，母亲对我说，拉土、起圈的事不让我干了，让我以后好好念

拉土、起圈

书。还说我们家就那七八亩地,她和爹轻轻松松就干了,拉土、起圈他们以后干。然而父亲并不赞成母亲的意见。父亲坚持让我继续拉土、起圈。父亲不说为什么。大家也不问。于是,我依然坚持拉土、起圈。后来,外公家的拉土、起圈也成了我的事。不管怎么样,我依然坚持,一直到了家里不养猪为止,大概是我上高中以后的事。

村子里,拉土、起圈做得最好的是三宝。他有一股子狠劲儿,刚开始的时候,从土壕拉满满一车土上坡,上坡的时候架子车的拉绳突然断了,把三宝摔倒在地,膝盖都摔伤了。但他干活劲儿大、人实在,村子里经常看到他一个人拉架子车干活。三宝不但会起圈,还会扬粪。关中的麦子从十月份下种,到次年六月份收割。经过漫长的冬季,在地里要生长长达八个多月时间。在关中人的心目中,陕西的麦子磨的面粉是世界上最好吃的,关中的面食花样也是最多的。像臊子面、油泼面、旗花面、软面、驴蹄子面、蘸水面、糊涂面……为了让冬季的小麦更好地分蘖,在冬季要进行一次追肥。那时候,化肥还没有普及。追肥主要是用农家猪圈的土粪,土粪是最好的有机肥料。起圈的土粪用架子车拉到地里,一车一车倒成一个一个的小堆。"扬粪",就是把这一堆一堆的土粪均匀地撒开。扬粪,要大人来弄,一般小孩子弄不来。但三宝就会扬粪。村里大人都夸赞三宝将来是种庄稼的行家里手,这话三宝爹听了可不舒服。每每听到有人这样说三宝,他都会回一句:"你家娃才是呢!"

三宝家祖祖辈辈是农民,而且是贫农。三宝爹兄弟姐妹八个,都在农村。新中国成立前,三宝爷是逃难到秦家庄的,两口子给村子当时的地主做长工。新中国成立后,留在了秦家庄。三宝爹一直是村里小学的贫协代表,虽然不识字,但特别尊重老师,尊重有文化的人。因此,他把所有的希望都寄托在了三宝身上,希望他们家能出一个文化人,希望三宝不要和他一样做农民。

可三宝偏偏不争气,没有考上中专,也没有考上高中,气得三宝爹又揍了三宝一顿。队长劝三宝爹,不上学就回村务农,他看三宝就是种庄稼的料。身体壮实,干活悟性也高,别的男娃初中毕业,队上一天给六分工,他看三宝,可以直接给七分工！三宝爹听了队长的话，扭头就走。

三宝没有上生产队干活，跟着建筑队去干活了。从供灰供料的土工做起，不到两年就学成了泥瓦匠。这下子把三宝爹高兴坏了！他们家祖祖辈辈都是只能种庄稼的普通农民，没想到自己唯一的儿子三宝，成了一个泥瓦匠人。在农村，匠人是很吃香的。每年一开春，各个建筑队抢着要三宝。几年下来，三宝成了村子里的"万元户"。到县城去领奖，戴大红花，很风光。

说起三宝学手艺，我听老杨讲过新中国成立前学木匠的事。在过去，匠人收徒弟很严格，不是随随便便就收的。师傅先要看徒弟的人品、才智，看上了才能收徒。徒弟学徒之前是一定要行拜师礼的，拜师礼很隆重，目的是让大家都知道这种师徒关系，让社会来见证、监督。学木匠一般三年满师。第一年，基本不教任何技能。主要是给师傅端茶倒水，跑跑腿，甚至要给师傅打洗脚水。其实就是在磨炼你。等你上道了，达到一个匠人所应有的品德和精神后，才开始教授木匠的技术和技巧。这样学起来也快，学成后德艺双馨。三宝之所以学泥瓦匠快，那是因为这些年在家里干农活多，早就历练出匠人的品性了。

这么多年过去了，和同乡的同龄人讲起拉土、起圈的事，大家都记忆犹新。假如当年我们拥有现在的好日子，什么活都不用干，我们许多人还能考上大学吗？还能创业成功吗？假如没有当年的生活所迫，我们还能保持积极进取的精神吗？拉土、起圈，让我们深刻地了解了农村和农民的生活，让我们用自己的承担向当时饱经风霜的父母致敬，让我们用实际行动告诉父母，我们可以为家庭分担。

拉土、起圈既是父母硬性安排的任务，也几乎是村里每一个同龄人的责任，那个年代，你还能说什么？和父辈吃的苦相比，拉土、起圈只能算区区小事，你能叫苦吗？它几乎是父母对你唯一的要求，相比父母的无私付出，你能抱怨吗？都不能。拉土、起圈不只是给家里做事，也是在劳动过程中锤炼自己，只有坚持，只有做好，再苦也要忍，再忙也要承担。

拉土、起圈

多少年后，身边的一些人好奇地问我，你们这些人遇事怎么那么能忍？我就给他们分享少年时代拉土、起圈的故事。从小学到高中毕业，父母几乎没有讲过学习的重要性，从来不问作业写了没有。但我分明感到一种无形的压力一直在，而且越来越强烈。那就是父母为了家，全力以赴，日夜操劳，这让我们常常不能懈怠。他们让你深刻地了解生活，体验生活，让你自己做出正确的选择。当你经历了这些以后，每个人都会做出自己的选择。这样的选择来自拉土、起圈的磨炼，来自深刻的体验，自然会变成一种内在的力量激励你前行，不用扬鞭自奋蹄！

小宁是我高中的同学，高考落榜后，补习几年还是不中，后来一个人只身远赴青海，到偏远的高原上去教书，一干就是二十几年！宝剑锋从磨砺出，梅花香自苦寒来！如今他已经是西宁市教育战线的主力人物。中学同学大海，高中毕业后自学英语，几年后自学考入陕西师范大学英语专业，毕业后一直从事社会教育工作。如今在西安，风生水起，也是桃李满天下。中学同学李万青初中毕业去了新疆，跑过运输，修过车。如今凭借专利，他已经是响当当的补胎大王。在全国各地设了大大小小的补胎点，星罗棋布。

在我身边，不乏这些执着、坚持、积极向上、奋斗不息的同龄人，他们每个人身上都有拉土、起圈的烙印，许多人随着改革开放，走出了农村。他们为了自己的梦想而孜孜追求，不懈努力。农村的成长经历，影响和改变了许多人。繁重的体力劳动使人体会更深，意志更坚。年轻时的农村生活磨炼，成为我们一生用之不竭的宝贵财富。

老县城

原名《扶风老县城之印象》

将近年关，一家人陪母亲在县上过年，住在扶风县城的老城区。

新县城高楼林立、富丽堂皇、地势平坦、交通便利，是一座现代化的新城。老城区，如今住的都是些老年人。部分建筑也都拆了，到处一片破败的景象。然而，腊月的年集依然十分的热闹。

陪母亲随赶集的人流，走在拥挤的老街，感受着熟悉的年市，熟悉的乡音，熟悉的街道，脑子里满满的都是回忆，就像是与一位年长的亲人久别重逢，内心激动而满足！这种感觉，在新区是找不到的。新区就像是美丽的少女，除了欣赏，别无其他。

老县城在飞凤山下，沿韦河而建，四面都是高原，东南西北有四个陡峭的大坡通往县城。为什么扶风县城要建在这样的"沟里"，自小我就琢磨不透。有传说是因为军事防御的缘故，我看不像。扶风的历史几乎没有战事，也无强盗泛滥，此说法不成立。另有传说，县城建在沟里是出于"公平"的考量，东南西北的人都一样，做官和百姓都一样，进城俯首，出城挺胸。若是为了公平，建在平坦处也是公平呀，还是解释不了建在"沟里"的原因。

传说久远，记忆弥新，因为上高中，我才住到县城，如今扶风高中已经搬迁。站在学校原址，能想起当年的教室和宿舍的位置，仿佛听到早读时郎朗的读书声……同学、老师和一些青春年少的故事，会涌上心头，顿时感觉心里暖暖的。

老街道自西而东，一路下坡。街道两旁的建筑大都还保持原貌，只是商铺里的东西变成了现代的商品。新华书店还在，这是我上学时最常去的地方，那时候买不起书，就常去看书，也是我每一次待得最久的地方。

邮电局的门面换大了，如今还能清晰地回忆起当年的布局，二十世纪八十年代的邮电局是县城里最"潮"的地方，因为这里有最新的杂志、画报等。同学们每次来这里找最新的《大众电影》《少年文艺》《故事会》《读者》等刊物。还记得当年一位同学的妈妈在这里上班，我和我的同学会受到格外的照顾和礼遇。只要上街，总要到邮电局来转一转。也是从这里开始，我和《读者》《故事会》等优秀刊物结下了一生的缘分。

电影院，是那时候可望而不常及的地方。虽然那时候一张电影票只有一两毛钱，但对于我这个穷学生而言，自己掏腰包看电影的机会还是很少的。有一位同学家里相对富足，知道我爱看电影，每次都带上我，请我看电影，到现在一想起这事，还十分感动。

那时候逛街，最希望碰到卖耗子药的。他们一般出口成章，嘴里一套一套的，我很喜欢听那个"调调"，长大了知道那是叫卖，其中夹杂了不少"虚假"的宣传。现在回想起来，那不仅是一种叫卖，更是一种街头"脱口秀"，有时也针砭时弊，让人捧腹大笑。

东街头的服务楼已经拆了。服务楼是当年县城最豪华的酒店餐饮综合楼。记得上初中的时候，我被评为全县"三好学生"，参加颁奖晚会时，住进了服务楼，那是多么荣幸和骄傲的一件事，成为我的一大见识，足足说道了一个月。

东关桥头依旧蹲着晒太阳的老人，他们含着烟嘴，戴着石头眼镜，一般都沉默不说话，偶尔聊几句。烟叶是彼此分享的，点烟是最亲密的举动。看着车水马龙的闹市，听着此起彼伏的叫卖声，我表情坦然、淡定，有一种超然脱俗的感觉！

经历得多了，眼前的繁华又怎能动心？世事不过如此！就如这古城，沉淀下来的历史，厚重了古城的今夕。

一个人，也像一座城。美好的东西，不仅是眼前的繁华。被岁月沉淀，留在心底的，才更耐人寻味，更地久天长，更弥足珍贵！

你知道我在想你吗？

最近工作忙，好几天没有给母亲打电话了。早上，接通电话后，母亲急切地说：

"知道你忙，没时间想我，可我天天都在想你……"

一句"天天都在想你"，已经让我泪目。

母亲住不惯城里的楼房，一直坚持住在农村老家的屋子。兄弟和小妹离家近，隔三岔五回去看望，唯有我远离家乡，是母亲牵挂最多的。每次回家我都尽量陪老人住几个晚上，说说话，内容大都是些家长里短的琐事。这个时候母亲总说，每天晚上，她的大脑里不是想我们这个，就是想我们那个。我告诉她，都是成年人了，都好着！母亲停顿了一下，喃喃地说：

"人老了可能都是这个样子，心在儿孙身上，不由自主地想这个，想那个。有时候想给你们说吧，又怕你们烦。"

想念儿孙，说出来又怕儿孙烦，真是情到深处是卑微！

相亲相爱的人也一样，付出较多的往往略显卑微。由于挂念，由于爱，在夜深人静的时候默默地想着心中的那个人，想他在哪里？想他在做什么？想他睡了没有？

一天深夜，妻突然打来电话。

"有事吗？"

"没事。睡不着。想你了！"

"以为有啥事呢，我好着呢，别操心！"

"……"

"那你也早点休息，晚安！"

我知道，说了晚安后的妻子不一定能入睡……

忙碌的岁月把我打造成了直来直去的人，面对亲人的精神需求，常常不屑一顾，甚至理解为多此一举，或者矫情。

那些年，有时玩到凌晨才回家，开门后家人亮着走廊的灯，还在屋里睡眼惺忪地等待，而我总是说："睡你的，有什么操心的？"

这些年一个人在外，无论什么时候回"家"，没有人为你留灯，为你守候。不经意间，很多温情变成了奢侈！

那年儿子夏令营去青岛，遭遇台风，我第一次那么担心儿子的安全，体会到了揪心的感觉！

那年儿子只身去上海，夜晚短暂的几个小时的失联，几乎让我六神无主，方寸大乱！后来才知道是他手机充电，耽误联系，也未及时说明，面对不以为意的儿子，我几乎是训斥他："你知道爸爸有多担心你吗？能不能为牵挂你的人考虑考虑？"

这个世界上，经常想你的人不多。知道有人牵挂你，一定要倍加珍惜！不要漠视，更不要觉得厌烦。被人牵挂，是幸福！不管你赶路的脚步多么急促，一定要善待牵挂你的人！

石　缘

看着捡回来的石头，爱不释手，迫不及待地上网搜索原石的清洗、打磨、加工和收藏的各种方法。毕竟是一种收获！收获的未必是捡到了多有价值的奇石瑰宝，让人回味无穷的是一次户外愉快的经历。

三月下旬开始就一直蛰居在单位，忙工作，抗疫情。难得的五一假期，在朋友的恩惠下，我们相约去捡石头。那是距离小镇一百七十公里的激流河浅滩。激流河是额尔古纳河的一级支流，发源于大兴安岭西北麓的三望山，是大兴安岭原始林区水面最宽、弯道最多、落差最大的原始森林河流。据说激流河的奇石特别多，是当地奇石爱好者流连忘返的好去处。然而，最先让我激动的还是此处美丽的风景。

激流河的这一处浅滩，无从知道叫什么名字。在密密麻麻的林海中穿梭几个小时，突然展现出一隅宽广的天地，豁然开朗。在这静静的密林中，看到奔涌的河流已经是久违的感动。河开了，开河了！预示着这里的春天就要到了。在全球抗击新冠疫情的当下，最振奋人心的一句话：没有哪一个冬天不可逾越，也没有哪一个春天不能到来！随着开河，大兴安岭的春天如期而至。河滩很宽，到处是石头，极目远眺，望不到河的尽头。对于生活在密林中的人们，如此的境界，实属罕见，令人激动不已。

说是捡石头，其实我内心的初衷是冲着开河鱼来的。怕大伙说我言不由衷，只是隐瞒不说。听当地的人讲，河刚开化，这几天河里还没有鱼。细心的大哥从镇上带了鲜鱼，还准备了丰盛的肉菜，计划中午野餐。听说野餐，我兴致勃勃！在这阳光明媚、清风徐徐的宽广河滩里野炊，无论吃什么都是

石　缘

浪漫的享受！我还沉浸在野炊的美好期待中，石缘大哥已经开始捡石头了。

石缘捡起一块石头，石头上还滴着水。他兴奋地说，这里是捡石头的宝地，奇石最多。说着他拿起石头让我看漂亮吗。那是一块有黄有红、肉色的石头，色泽鲜润，细腻如蜡，在阳光的照射下显得极耀眼！石缘问石头像什么？大家做着各种各样的猜测。我只觉得很好看，表达不出来为什么好看。一直以来，我坚信自己在绘画艺术欣赏方面是门外汉。从小看到一幅画，哪怕是一幅世界名画，我只是感觉美，但不会欣赏，也说不出来所以然。面对石缘的这块石头，除了说"好看"，再也表达不了什么。石缘给大家讲石头的型、势、质地、手感，讲深了我也听不懂。既来之，则安之，我索性认真地寻找石头，内心充满了期待。

在空旷的河滩上自由地走走停停，时而会有一块石头吸引眼球，俯首捡起，仔细端详。捡石头就是一个寻找美的过程，寻找奇特的过程，也是一个不断审美的过程。像我这样的捡石菜鸟，也许错过了一些好石头。不过，我还是相信运气的。慢慢地，我也捡了几块备选的石头。在大家的鼓励下，逐渐来了兴致。暖暖的阳光下，微风习习，漫步在河滩上，寻找和发现美石、奇石，心无牵挂，放松而浪漫！

在河边，我突然发现一块很平整的石头，上面还有五彩斑斓的图案，像极了一张茶海。我兴奋地叫来朋友，一起从河里捞起来，大家异口同声地感叹：好石头！好眼光！我心里美滋滋的，成就感油然而生！

边走边看，完全沉浸在自我的世界中。有入眼的，便捡起来来回翻转，展开想象，做着各种设想和猜度。心中充满好奇，满怀期待。一次一次的惊喜，一次一次的比较，和自己对话，斟酌选优，一切顺从本心，不为别人左右。我开始迷恋上"捡石头"了。

走出大学校门，就进了山门。孤独的日子里，好在时常埋头工作，也喜欢看书，爱好写字，因此，从不会感到寂寞。今天与石结缘，倒也顺理成章。我突然想到，将捡石培养成爱好，退休后捡石、赏石、玩石，不是甚好？

世界上没有两个一模一样的石头，正如世界上的每个人都不一样。如果我是石头的话，依我的长相，一定是最丑的那一个。谢天谢地，好在我出生在一个不仅仅依靠颜值的时代。

石头是永恒的，审美是不断变化的。想到这，我突然觉得，面对这千万年才形成的石头，人类是多么的渺小！渺小的人们依然挑挑拣拣，依了自个儿的喜好把石头分为好看，或不好看。假如这千万年几乎亘古不变的石头有思想的话，一定觉得人类其实很滑稽。

仁者见仁，智者见智，开心从来都是自个儿的事。发现的过程是接近自然，是修身养性，是户外好友聚会。爱好石头的朋友们以石为媒，相互分享，相互欣赏。

河水炖鲜鱼，中午的饭菜很香，酒喝得也很尽兴。朋友间谈笑风生，分享美石，感慨人生，谈得很投机。这不仅是一次写意的户外捡石，更是一次愉快而难忘的野炊。晚上途经小镇，那里的朋友早已摆下丰盛的酒宴。看到我们满载而归，朋友啧啧称赞。总之，一切都是美好的，主要原因是我开始爱上了捡石头！

与石结缘，主要与好朋友石缘有关。石缘，是朋友的微信昵称，他是我的兄长加朋友。石缘大哥兴趣广泛，见多识广，爱好文学、摄影、旅游，最钟情"捡石头"。和石缘相处的七年中，印象最深的是他一谈起石头就神采飞扬，如数家珍，如醉如痴。尽管他一直鼓动我"捡石头"，我却一直都提不起兴趣。因为我觉得石头是冰冷的东西，小时候的经历让我不愿接近石头。

亲戚中有一位长辈大学毕业后去了外地工作，留下年迈的父母于不顾。大家骂他的心是石头做的，不近人情。因此，从小我就讨厌石头，讨厌心似石头的人。

我的家乡在厚厚的黄土塬上，家乡没有石头。小时候生产队兴修水利需要很多石头，给每一户都分配了砸石头的任务。我和父亲一大早去了几十公里之外的北乡，那里的土层下有大量的石头，装上满满一架子车，汗流浃背

石　缘

地回到村子里已经天黑。比拉石头更累的是每天晚上的"砸石头"。父母白天要下地挣工分，只有晚上才可以"砸石头"。我放了学，晚上就帮父母"砸石头"，以完成缴石子的任务。

"砸石头"的工具前端是一个用帆布做的环，手柄是木头做的，套住一块石头固定在一块平整的大石头上，用榔头猛敲，敲碎成二至四厘米的小石子即可。小孩子没有多大的力气，一般要敲击好几下。一天晚上"砸石头"时，一块小石子飞进了我的眼睛，我使劲用手揉，结果越揉越疼，后来去了卫生所才被医生用水冲了出来。从此，我再也不愿去帮大人"砸石头"了，我更加不爱石头。

那一年去三亚旅游，站在刻着"天涯海角"字样的地方，我丝毫没有"天涯海角"的感觉。大海给了我无尽的想象，南海的外面应该是更加广阔的世界。很多情侣争先恐后地在那两块石头前留影纪念，期盼自己的爱情像海不枯，像石不烂。石头有没有生命，我真不知道，但我知道所有的爱情都是有生命的。

不管此前如何，当下顿悟，与石结缘，这一定和年龄有关。五十岁以后的人生，平淡而随性，像极了石头。我就在自然界，你喜欢，或是不喜欢，我都在那里，不悲、不喜。若是被人赏识，依然我心坚实。人到了"知天命"的年龄，像那万千的石头一样从容安静于一隅，或幸与知己者，自当光彩回报。

司机小姜

司机小姜有两个喜好，一是佛教，二是运动。

他对佛教的兴趣，源于他的家乡在佛都——法门寺，母亲信佛，他自小耳濡目染。平时喜欢研究一些佛教方面的书，在车上经常会放佛教的书，遇上堵车，别人都急躁，小姜却在看书。小姜在网上结识了不少爱好佛教的网友，经常一起切磋论道。平时喜欢给大家讲一些佛教的传说和故事，他讲得通俗易懂，而且善于结合实际，运用佛教的观点和理论，开导周围的同事和朋友。谁有什么烦心的事，都喜欢找小姜聊。听说他"皈依"了佛门，但他很少去寺庙烧香拜佛。小姜从不迷信，算是"居士"之类。

小姜小的时候生过一场大病，差点儿要了命。大概是五六岁的时候，那年秋天，开始他只是腹泻，后来脱水，再后来拉痢疾。村子里的郎中摇摇头，这娃没救了。一家人急坏了！正在这个时候，村子来了一个西医大夫。西医大夫看了半天，说是虚脱太严重了，把娃给耽误了。包了一些西药，临走时说了句，给娃这会儿把药吃了，要能熬过今天晚上就有希望了。

老天有眼，小姜熬过了那一天夜晚，躲过了那一场大病。为了感激那位医生，小姜把那位救命的医生拜做了"干大（干爹）"。小姜经常给大家讲这个故事，说自己已经死过一回，世上还有什么困难的事过不去，也因此特别重视自己的身体，坚持锻炼。

打篮球、骑自行车、打太极拳、徒步旅游……业余时间小姜是闲不住的，随时随地，不管什么方式都可以锻炼身体。现在基本是公司的锻炼达人了。

有几次，从双石铺骑行翻越秦岭去宝鸡，一百多公里的山路，他成了当地第一个骑自行车从凤县翻越秦岭到宝鸡的人！经常还会约上一些网友，一起徒步在秦岭的山川沟壑。大家赞誉他的时候，他总是说，生命在于体验。微信朋友圈经常晒自己运动锻炼的照片，赢得许多人点赞。小姜逢人就分享自己的运动经历，以此为乐。

然而，汽车队的人并不这么认为，同事们都觉得小姜有些"怪"，而且"不会来事儿"。

小姜刚参加工作不到半年，全公司的人都开始议论他"不会来事儿"。有些还没见过小姜的，听了他的传言也就很快知道他了。

一九九三年九月份，小姜从部队退役，安置到公司汽车队当汽车驾驶员。报到以后，按规定要先实习一个月时间，再正式上车。当时正好赶上了中秋节。那几年，逢年过节，大家是要相互走动的。车队的司机都要买些土特产、烟、酒之类，去队长家里坐坐。有好心的同事提醒小姜趁着过节去看看队长。小姜心想，人家队长缺什么呀？摇摇头，咱就不凑那个热闹了。有些人给他爸买一两块钱的烟，十几块钱的酒，却要给领导送高档烟酒？那对领导能是真心吗？

那几年单位就那样，有些科长到年底，晚上坐在家里等着收礼。着急了还打电话提醒你一下：最近咋看不见你人呢？快过年了，忙啥呢？话里有话。有句话说，谁送、送的啥领导不一定记住。但谁没有送，领导一定会记住。

从此，小姜就被传说成"不会来事儿"的人，大家背后都笑话小姜。但在小姜眼里，这些做法都是不对的，不对的事情他不做。

很快，一个月实习期满了，队里给小姜分配了一辆车况最差的车。车队的工资是按计件承包核算的，司机都抢着开车况好的车，没有人愿意开烂车。车队马队长给小姜解释说，新来的人都从烂车开始，这也是队里的规矩。小姜一想，马队长说得对，咱不能坏了队里的规矩。

年底的时候，汽车队分配来了一个新司机小吴，小吴的爸爸是公司的老职工。车队给了小吴一辆半新的车开。马队长给小姜解释说,小吴刚学会开车,技术生疏,车况不好的车不敢让他开,要是坏到途中他都不会修。小姜一听马队长说得也在理,那就这样吧。

　　第二年年初,车队的老蒋出了车祸。老蒋喝醉了酒,追尾了别的车,自己的车撞报废了,他还受了些小伤。车队对老蒋进行了处罚,并停工一个月。后来车队买了新车,马队长还是把新车给了老蒋。马队长又对小姜说,小姜呀,老蒋出事后,又挨罚,又停工,这次损失大了,给他好一点儿的车,好让他快挣些钱,弥补一下损失。老蒋家里负担重,不然他一大家人怎么办呢?小姜还是觉得马队长的话不但有道理,还有高度。

　　驾驶员开好车和烂车,工资相差还是很大的。车况差车容易坏,维修费高,拉的少,跑得慢,月底结算收入低。一个月下来,他的工资基本就是四百元左右,是车队最低的,队里最高有接近一千元一月的。

　　小姜并不把这些事放在心上。虽然自己挣的工资少一些,但还算轻松,有很多时间看书,锻炼身体。再说了,自己的收入在车队虽然算是较低的,但比较他们一起部队转业分配到政府和事业单位的战友,他每月的收入比他们还高呢。小姜受佛教思想影响较深,认为钱财都是身外之物,够花就行,有了多花,没有少花,人不能有贪念。关键是自己要有一个好的心态,要知足。不然呢?生气也不管用,弄不好还伤身体。他觉得,马队长不一定像大家说的那样,故意不给他好车。马队长每一次都主动找他,主动解释,而且讲得都有道理。车况不好的烂车总得有司机开呀,即使自己不开,别人也得开。小姜心里想,己所不欲,勿施于人,阿弥陀佛!

　　时间一长,车队派车的黄班长,也开始对小姜爱理不理,有"好活"也不给小姜派。维修班的也不给小姜好好修车,经常不是推脱,就是磨蹭。就连油库加油的小姑娘,每次加油的时候,都要数落几句。小姜也知道,车队的司机在私底下都巴结黄班长,隔三岔五地请吃请喝。不请黄班长,他给你不派"好活",不给维修师傅发烟,他们就找各种借口磨蹭,反正不给你好好

司机小姜

修车。小姜就看不惯这些风气，不惯这些毛病。让小姜不理解的是，加油站的小姑娘怎么还嘚瑟呢？她们有多大的权力呢？一打听，大都是领导的子女，牛着呢！很多司机趁着加油的时候，专门拿了水果糖、花生、瓜子等零食送给她们，不然，她们就给你磨叽，有时还给你乱记！这点儿权都要用呀！在小姜的心里，这些都是不正之风，拿不到阳光底下来。按小姜的理解，这些都是小"恶"，"勿以恶小而为之，勿以善小而不为"，是小姜的信条。

有一回，有人委托小姜给马队长捎个话，小姜一进马队长办公室，马队长还以为小姜是来找自己理论来的，先发制人地开口了：

"小姜，这个月你的任务最差！找我干什么？工资是按计件核算的！说啥也没用！"

"队长，我不是找你来说工资的，昨天去宝鸡，老陈让给你捎个话，说你让他捎的药没有买到。"小姜小声地说。

"哦，知道了。"马队长说完，端起水杯，吃了一大把的药。

"队长，你身体咋了？吃那么多的药？"

"肝炎，老毛病了！"

"听说，肝炎不能生气，气大伤肝！队长，你可要保重身体呀！以前没有注意，今天一看你的脸色，觉得一定是病得不轻。要不抽时间去西安查查吧？刚好我有亲戚在西京医院的肿瘤科。"小姜认真地说着。

马队长重重地放下水杯，瞪着小姜说："知道了！去吧，上班去吧！"

第二天，小姜接到黄班长的通知，明天去开通勤车。

开通勤车的老刘，下个月才办退休手续。车队的司机，尤其是年轻人都不愿意开通勤车。开通勤车的工资是车队最低的，主要是常年在厂区里转，出不了远门。司机们担心安排自己去开通勤车，一些人都上马队长家里做工作去了，马队长这些天正为这事犯愁呢，好了，就让这小子去吧！

"小姜不会说话，得罪马队长了！这回好了，去开通勤车，真倒霉！"这条消息，在公司不胫而走，大多数人更加觉得小姜真不会来事儿，也不会说话。

有好心的人，觉得小姜挺冤的，找小姜开导开导，小姜淡淡地说：

"没事儿，队里既然安排了，就开通勤车吧，这工作总得有人干呀。我就全当是换了个好车，不用天天修。开通勤车按点、有规律，不用每天等任务。开通勤车接送工人上下班，为大家服务，有什么不好？"

"是不是你们队长嫌你说错话，故意整你？"

"我是实话实说，咱平时给队长帮不了什么忙，他真有可能是肝癌，我是好心对他说的。我来车队两年了，觉得马队长说话讲道理，每一次都让人心服口服，那天马队长一定是心情不好吧。"小姜充满善意地回答道。

"别傻了，小姜，从你到车队，他一直给你穿小鞋，要是别人，早不愿意了！"

"即使他一直给我穿小鞋，我觉得无所谓呀，你看，我开了一年多烂车，工资是低了些，可我修车的水平比以前提高了，这回让我开通勤车，工作时间短，我有更多的时间可以看书，锻炼身体，多好呀！这世上的事情没有什么绝对的好与坏，做工作都有利有弊，关键是你要能扬长避短。有人觉得当官好，有人觉得当老百姓好。萝卜白菜，各有所爱。"小姜慢悠悠地解释。

"你是不是害怕老马？不敢惹？"

"不是怕不怕的问题，当然我也不怕。我能接受，我心里根本就不在乎所谓的'惩罚'。"

但汽车队的司机都在私下里议论，小姜本来就不会来事儿，队长平日里就整他。这次，还说马队长有可能是癌症，不整他整谁呀？前段时间胡师傅过磅时忘了放下车斗，把磅房的屋顶给拉倒了。为这事，公司领导在会上狠狠地批了马队长一顿，过后，马队长生气地告诉胡师傅，都老司机了，犯这么低级的错误！下个月去开通勤车吧！老胡一听吓坏了，天天往马队长家里跑。这回好了，让小姜这个倒霉蛋救了老胡，搞得老胡见了小姜直说："老弟呀，多亏你，要不我就惨了！"小姜淡淡一笑，说："胡师傅我觉得开通勤车也不错呀。"

此后，再也没有人劝说小姜了。小姜每天开通勤车上下班，乐呵呵的。

司机小姜

时间久了，大家竟然觉得小姜师傅人挺不错的。每次开车启动、停车，都小心翼翼地，很平稳，经常也提醒工友们注意安全。小姜的车，不但开得稳，而且也是保持得最干净的。在等车的间隙，小姜喜欢和人攀谈，对人和蔼可亲。

十几年过去了，大家都已经淡忘了小姜的"不会来事儿"，倒是觉得他见人笑眯眯的，说话引经据典、文绉绉的，与人友好，没心机，心地善良，很阳光的一个人！他爱惜车，出车准时准点，业余时间，骑自行车，打太极拳，生活健康、充实。

几年前马队长退休，住宝鸡去了，听说还做了两年生意，结果赔得一塌糊涂。后来被确诊为肝癌晚期。

汽车队的黄班长私下给人说："老马癌症晚期！听说车队都没有几个人去看他，怪可怜的。当初当队长的时候，雁过拔毛，现在可怜了，可怜！"马队长在的时候，黄班长可是马队长的左膀右臂，汽车队的大红人。有人问黄班长："你咋不去呢？马队长对你挺好的！"黄班长一扭头，吐口唾沫气愤地说："哼！对我好啥呀！对我好？他退休的时候，答应推荐我当队长的，咋推荐别人当队长呢？"哦，原来是这样。

小姜得知马队长的近况后，心想还是自己不会说话，没有让队长接纳他的建议，耽误了去西安做检查，以后自己也没再想起队长的病，是自己没有帮上队长的忙，心生悔意，特意去看了马队长。小姜看到马队长已经瘦得没了人样，心里很难受。马队长心想，他没有关照过小姜，甚至还故意给他烂车开，车队的人和社会上的朋友很少有人来看他，而偏偏是这个小姜来看自己。感到很后悔，很惭愧地问道：

"小姜，那几年我总是把最烂的车给你，后来还让你开通勤车去了。退休后，我在想呀，其实你是个好人，好工人！我那个时候，对你不公平。你恨我不？"

"恨你，恨你那次没听我的话！如果早点儿去医院，说不定情况会好许多。再说，之后我也忘了你的病，没有真正帮到你，我心里也惋惜。"听小姜这样说，马队长心里更加难受，心想这么善良的人，他当咋就有眼无珠，没有发现呢！

"可当时我就是觉得你说的话不中听，唉，那时候，你也知道，身边前呼后拥的，听到的成天都是奉承、巴结的、好听的话，猛一听你说的实话，真有些刺耳。"

"马队长，你每一次给我做思想工作，我都觉得有道理，所以，我听你的，也会说服自己想通，烂车总得有人开，何必为这事让领导为难呢。但你对自己的病，怎么就听不进去我的建议呢？当时我是真心替你着想。马队长，有人说你故意整我，你刚才也说了对我不公平，问我恨不恨你，工作对我是很重要，但更重要的是精神修养和身体健康。"

马队长是开车出身，原来是汽车队的一名大车司机，年轻的时候，车开得好，人也精干、聪明。马队长见人主动递上烟，不笑不说话，最大的特点是很"会来事儿"。他每一次外出的时候都要问问经理夫人，要捎哪些东西，把经理夫人交代的事认真地记在本子上，一一落实，每一次都办得妥妥的。

很快马队长就被提拔成汽车队队长。当上队长后，在车队那是没说的，一言九鼎。在公司，深得经理赏识，呼风唤雨，游刃有余。就是在凤县，当年马队长也算是个了不起的人物，和县政府领导、各个局的局长都很熟，很吃得开。和公安局、交警队、工商、税务、运管站、保险公司的员工那都是哥们儿，经常在一起打牌、吃饭，风光无限。

马队长继续说："小姜，我和你不一样，我现在才明白，我看重的是钱，是享受，是面子。当司机跑大车的时候，看到外面一些大款挥金如土，活得很潇洒，我心里很羡慕，心想我哪天也能和他们一样风光就好了。那个时候我就发誓一定要当上队长，只有当上队长才能挣更多的钱，有了钱，才能享受，才有面子。当上队长后，说实话风光了几年，感觉有钱有权就是好。慢慢地，钱越多，就越想挣更多的钱，自己简直成了钱的奴隶。我知道，自己的肝炎很多年了，没有好好的重视。现在后悔了，有钱有什么用？前几年挣的钱，做生意全搭进去了，何况我现在还没有钱了，哈哈哈……"

不久，马队长死了。

每天早晨，小姜准时将通勤车停靠在上车的地点，精神饱满地迎着朝霞，准备出发……

思念最是深夜时

昨日一家人去成都，带了五岁的侄孙远航一起。小远航一路兴奋，话挺多，玩得很嗨。我心想这小家伙真行！离开爸妈，也不闹。因为小家伙的缘故，四个小时的旅途，感觉很快。

到酒店，小远航看见什么都新奇，看着房间的沙发别致，闹着要睡沙发；玩石头剪刀布，一顿折腾。洗漱，脱衣服，钻被窝，这一切都在高兴中自己完成。

等小家伙安静地躺进被窝，我才去洗漱。心里想，一个五岁的孩子，自理能力这么强，真棒！

走出卫生间，我突然听到隐隐的抽泣声，原来是小家伙在哭，哭得还很伤心！我纳闷，一直好好的，怎么突然就哭了呢？肯定是想爸爸妈妈了！

思念最是深夜时！

夜深人静的时候，谁不会想起最亲最爱的人？这个时候，是情感最丰富，也是最脆弱的时候。

我和妻子安慰了半天。小远航一开始坚持要和爸爸视频，我说爸爸这个时候睡了，明天一早再视频吧？小远航嘟噜着脸说，爸爸爱睡懒觉，不能早上打，下午再打吧。

即使在极度思念的时候，也还是不忍心打扰亲人，听了小孙子这些话，我的眼眶早已湿润了……

后来，小远航不哭了，开始说话，又笑了，高兴地进入梦乡。

看着熟睡的孙子，我陷入了深深的沉思，一个孩子，哭着哭着就笑了，可大人，笑着笑着就哭了！

万杨学校

我在四个地方上过学，小学在本村，初中在万杨大队，高中在县城，大学在云南。在这么多学校中，万杨学校是我记忆最深、思念最浓的母校，也是多少年来最让我魂牵梦绕的地方！

一九八一年秋季，关中地区遭受严重的洪涝灾害，在那个阴雨的九月，踩着泥泞，我和同村的伙伴，兴冲冲地赶赴万杨学校开始我们的初中生涯。

万杨学校是一所集小学和初中于一体的八年制学校，坐落在万杨大队的中心位置。学校在一处隆起的土塬上，土塬自东往西延伸、突出，南、北、西三面凌空，形似半岛。沿着万杨大队最宽广的公路由北向南，远远就可以看见高高在上的万杨学校，学校大门朝西，前面是一面很陡的坡。

我站在公路上，仰望高处的学校，顿生敬畏！拾级而上，气喘吁吁，我想到了"书山有路勤为径"的诗句，为什么要形容成书"山"呢？是不是读书一定像爬山一样艰难？万杨学校，让我未曾进门就体会到攀登的艰难。登上坡，门前尚有一处平台，才是大门。现在想不起来平台到底有多大，我记得有一年老师组织我们在路的南北两侧种油菜的情景，想必小不到哪里去。

走进大门，映入眼帘的是一座雄伟的大殿。学校是一座古庙改造的，如今还保留着几座旧建筑。大殿高出地面四五个台阶，独立中央。大殿是教师办公的地方，门向东开，周围有几棵参天大树环绕。学校大门到大殿中间是个大广场，这里是学生集会的地方。大门北侧是教师办公室，南侧是教工食堂，南面是小学部，只有四五年级，一至三年级还在北堡子的老学校。

我的六年级二班，在教学区的西南角。六（一）、六（二）班教室是沿东西并排的两座平房，教室大门朝北，南面有个后门，有时趁老师不注意，调皮些的同学会悄悄地溜出后门。上七年级后，搬至向北一排教室。八年级再向北搬一排，成了最北一排教室。时隔近四十年之久，我对学校的布局依然十分清楚。我的初中教室，从六年级到八年级是一路向北。而奇妙的是我的扶风高中，自高一到高三，教室也是由南搬向北。更奇妙的是我的工作也是一路北上，现在几乎到了神州最北的地方。有一句话形容迷茫，叫"找不着北了"，而我从初中开始一直在"找北"，是不是我的一生一直在"迷茫"呢？

前年，我去了漠河的北极村，有一块石碑，刻着"我终于找到北啦！"，仿佛喊出了我的心声，激动地拍照留念。

初中三年，我学习一直不错，少年得志，意气风发，在高中和大学后逐步退步落伍。每每想起初中三年，心生自豪，常常也阿Q一把，慰藉一下自己小小的虚荣心，我也有"过五关斩六将"的时候。苏联作家尼古拉·奥斯特洛夫斯基所写的《钢铁是怎样炼成的》说过，人的一生应当这样度过：当他回首往事的时候，不因虚度年华而悔恨，也不因碌碌无为而羞耻。至少，我的初中不曾虚度，不曾碌碌无为。初中学习生涯的顺达和业余生活的快乐，大概是我对万杨学校格外钟情的原因吧！

中考时，一个小小的失误竟改变了我的人生轨迹。我和老师们都信心满满，以我平时的成绩，认为一定能考上中专。然而，语文考试时，我将作文写到了草稿纸上，作文废了。那年没有考上中专，只能上高中。对于当时农村的孩子，都想早日跳出"农"门，初中毕业首选上中专，没有办法才上高中。许多同学，考不上中专，干脆高中也就不上了。我后来高中毕业考上大学，有时候我在想，中考时的失误，对我也许是一件好事！

学校的老师分公办和民办两种，公办老师是商品粮户口，民办老师是农村户口，身份还是农民。无论是什么身份的老师，个个都很敬业！时隔近四十年的今天，我依然记得给我代课的每一位老师——他们的名字、形象以

万杨学校

及发生的故事……

六年级的班主任兼语文老师是李宗哲老师，他讲课前要做大量的准备工作，李老师知识渊博，课讲得生动、洋洋洒洒。不过那时候的老师都是用方言讲课，普通话讲得不是很标准，有时会出现"guó，guó，zhongguì deguó"，大家都是心照不宣地理解。李老师每次在上课的时候，发现有同学没有听懂，他一定要重复一下刚才教授的内容。这时他用方言如此表达："刚才有滴同学莫有清懂，老师撇讲一遍！"其实，方言就方言，就怕用的方言，又操起普通话的调。二班的语文老师公办田老师看见一个同学在吃发了霉的馍头，他走过去对那个同学操着普通话的腔调说："馍馍哈了就不能吃了！"这句话成了同学们调侃这种"雨夹雪"表达的名言，当然大家也记住了"馍馍哈了就不能吃"的道理。

中午在学校吃馍馍的一般都是家离得较远的唐家河、王家台、老君庵村的学生。早上来的时候，备足了中午的饭，一般都是馒头夹菜，或者炒熟的面粉用水一冲。等我们放学了，他们就在教室里吃。印象中，那些中午留校的学生大都学得好。中考那一年，两个毕业班共考上四个中专，这些中午留校"吃馍馍"的就考上了三个。有些同学怀疑，我们中午不在学校的时候，老师是不是给他们开了"小灶"？而我们大多数学生，中午要回家吃饭。一般回到家，家长也刚从地里劳动回来，大人擀面，小孩烧锅。做饭、吃饭、洗锅，紧紧张张。如果碰上家里蒸馒头，时间长，等馒头蒸熟了，上学的时间也到了，拿着一个热馒头，来不及吃，得跑着去上学。

李福杰老师是六年级的数学老师，年轻又帅气，在我的脑海里，比数学知识更记忆犹新的，是他身上干净平整的白衬衣和手腕上的手表。那时候还很少有人戴表，而李老师在黑板上写字或擦黑板时，过度伸长的手臂，大家总能看到那闪闪发光的手表。李老师看表的动作有些夸张，而且是在每一次铃声响起以后，李老师要宣布一下铃声的误差，以及他的"准确"时间。学校的铁铃悬挂在大殿正门台阶的屋梁上，学校负责值日的老师每天按点打铃。

值日老师手提一块小座钟看时间，小座钟定了闹铃，走哪儿提哪儿。在我们的印象中，座钟一定没有李老师的手表准。还有，李老师总是把一张崭新的"大团结"（十元人民币）装在上衣口袋，那件崭新永远没有皱纹的的确良白衬衣，让许多同学羡慕良久。当然更让大家羡慕的是那张"大团结"。等以后有钱了，也一定要穿一件的确良白衬衣，口袋里装上一张"大团结"，那一定很酷！

　　李老师上课是很生动的。有一次，李老师提问一个同学，两点间什么线距离最短？可怜的同学回答不上来，老师生气地说道，给远处扔个馒头，看看狗是怎么跑的？两点间直线距离最短！

　　按现在的话说，八年级的班主任胡天仓应该是"网红"老师。部队转业当了民办老师，教物理，课讲得很透彻，很生动。也教音乐，会多种乐器。清楚地记得我们几个同学在胡老师办公室，老师弹奏风琴，我们一起唱"军港之夜"的情形。他对他的学生就像是"哥们儿"一样，有一次，我们班长被一位体育老师无故批评，胡老师立即去找那位老师评理。胡老师很爱护自己的学生，一直到学生毕业，他都在关心帮助他们。胡老师是我们学习的榜样，他在教书的同时，考上了师范，毕业后在县城初中任教，后来去了县教育局。

　　七年级教化学的刘老师有些口吃，他说"单质"这个词时是"单、单、单、单……质"，说"单"的时候，一只脚就抬起来了，直到"质"字说出来，抬起来的那只脚同时重重地踩下来。因此，同学们给老师起了一个绰号叫"单质"。后来，当"单质"老师开始"单、单、单……"的时候，同学们一起跺一下脚，大声喊出"质"，"单质"老师也不生气，竖起大拇指说："对！"逗得同学们前仰后合。有时候看大家瞌睡了，"单质"老师还故意自嘲一下，活跃课堂气氛。我们的化学课是在欢笑中度过的，同学们的化学都学得很好，我第一次感受到了学习的快乐。

　　大多数老师半工半农，十分辛苦。周内教书，周末还要忙家里的农活。有时忙不过来，学生也会去老师家帮忙。老师对学生就像是对待自己的孩子一样。七年级教数学的邓老师常常特别关注差等生，课堂上，他教授的基本知识，如果有一个同学没有听懂，他一定要给讲清楚，常常会给学习差的学生"开小灶"。他认为学生学习不好，就是老师的责任，责无旁贷！

那时候学生都怕老师，准确地说应该是敬畏老师。老师在村子里也享有很高的地位。邻里之间发生些纠纷，只要哪个老师出来一劝说，不管批评了谁，双方都很服气。村里的人喜欢称老师为先生，先生就是当地的道德模范。

好学生老师都爱，有时爱得有些过分。一个周末，老师安排我和几个同学值校（就是看护学校），有一位教英语的李老师买了一辆崭新的自行车，自己周末回家舍不得骑，放在学校里，我们几个同学太想学骑车，忍不住诱惑，把李老师的自行车锁给撬了。三个人，得意扬扬地学了一天车。周一李老师回来后发现了，竟没有发火！说了句："要是别的同学，把我车子撬了，要挨揍的！你们三个学习好，又是班干部，谁让老师喜欢你们呢？算了，下不为例。"听了李老师的话，我们三个感动得热泪盈眶！

初中的学习生涯是幸福和快乐的。幸福的是学校就像大家庭一样温暖，绝对"德、智、体、美、劳"全面发展。那个年代，不仅数理化学习好的同学感到自豪，那些爱好体育、音乐和美术的同学同样感到自豪。谁做了好事帮助了别人，在放学集会的时候就会当众表扬。快乐的是几乎没有家庭作业，大家除了回家帮家里干家务以外，就是尽情地玩耍。初中期间，我几乎跑遍了万杨大队的每一个自然村，甚至唐家河、王家台和渭川村，我们班同学的家里我都去过，关系好的同学家还经常会留宿。那时候，我总觉得同学家比自己家好，同学的父母比自己的父母好，他们都和蔼可亲，把最好的东西拿出来给我吃……

操场在学校最东边，操场最北边是大戏楼。有一次我爬上戏楼的阁楼，翻出来很多皮影，都是用牛皮做的。戏楼只有在过年的时候才演戏，平时空着，有时下雨了，有些班级的老师会带学生去舞台上听写、考试。操场往东是大片的麦田，操场和麦田中间有一条南北小路，往南、往北都是下塬的陡坡。操场中间是篮球场，篮球经常会滚到塬底下去，捡一回要跑很远。

操场上最热闹的时候，是夜间放映露天电影。一年中，在冬季的农闲季节，或者夏收过后的秋天，才能放电影。一年大概就放三四次电影。每次看电影后，都会传出不少的"绯闻"，这些绯闻多半是关于老师的。记得有一个教音乐的女老师，高个子，很漂亮，她在学校有个绰号叫"三换衣"，是因为这位爱美的音乐老师总爱换衣服，因为换得频繁而取得"三换衣"的美绰。看电影时，哪一个男老师要和"三换衣"站一起看电影，第二天一定有各种"绯闻"流传。有人说："我看见'三换衣'和男老师两人偷笑了。"有人又说："什么呀，我就在他们后面，我都看见拉手了。"如此云云……

音乐老师"三换衣"过多的绯闻，引起了副校长罗老师的关注。经过罗老师多次、认真地调查，发现都是学生有意瞎编的，而学生瞎编的理由竟然是音乐老师教的歌大家不喜欢。

当然，看电影也偶尔有一些学生的"绯闻"。有人总结到：凡是不坐到前排，站在后排晃荡的男生大都有想法，他们的目光在周围搜索有没有认识的女同学，一旦发现，身子就开始慢慢地向目标移动。那个年代，只要是男女同学站得近一点儿，好像就已经热血沸腾，心跳不止，在谈一场轰轰烈烈的恋爱一样！但凡发现两个熟悉的男女同学站得很近，第二天一定会有各种各样的传言。有些纯属偶然，连自己都不知道。这些男女学生纯粹是"站着中枪"，被"恋爱"了。

遇到下雨天，很多人家里没有伞。即使有，也是那种大竹伞。家长一般会让我们戴上夏季遮阳的草帽。草帽是用麦秸编织的，夏季的时候是白色，日子久了颜色就发黑了。有些草帽中间已经裂开了，戴上很难看。也有一种"雨披"，其实就是装化肥的编织袋，当地叫"蛇皮袋"，把一个角折进去，戴在头上，可以遮住身体。像这样破旧的草帽，像这样落伍的"雨披"，还有这样个性张扬的行为，男生大都宁愿淋雨，也不愿意戴草帽、披"雨披"，上学的路上淋得像落汤鸡一样，进教室前只是抖抖头上的雨水，胡乱擦把脸，大家都一样不打伞，谁也不笑话谁。

万杨学校

　　我们班有一个女同学，人长得漂亮，父母是吃商品粮的，家里有伞，不会淋雨。当她看到同桌李同学满脸是水时，悄悄递给他一个干净的手绢。李同学迅速拿起手绢在头上、脸上胡乱擦几下，就还了手绢。他的心咚咚地跳着，不敢看，也不敢斜视女同桌。即使就是这样细微的动作，也逃不过大家的眼睛。那是一个很容易感动的年代，李同学被同桌感动了。以后，李同学主动地辅导女同桌的学习，也会带一些好吃的偷偷送给她。其他男同学在恶意传播、肆意调侃的同时，内心多么希望有这样一个女同桌，以及递过来的温馨手绢。

　　学校有一个教师食堂，早上一般都吃苞谷糁子，苞谷糁子会产生锅巴，大家都爱吃锅底的锅巴，老师是文明人，不好争抢，于是有些同学就神秘地说，有一天他看见老师们在食堂用圆规比画着，大概是分锅巴。不得不说，老师真有办法！

　　不过二班的田老师倒是自己做饭，每天吃了饭，嘴里总咬个牙签。其他老师见面打招呼："田老师，又吃肉了？"田老师边剔牙边说："常吃肉，牙不好，没办法！"还有好事的学生在琢磨，田老师就算是公办老师，也不能天天吃肉吧？在农村一年也就能吃一两回肉。这位好事的同学经过仔细观察，发现了田老师的秘密：无论他吃的苞谷糁子还是面条，都剔牙。从此以后，大家见了田老师饭后剔牙，都抢着和田老师打招呼，田老师依然是："常吃肉，牙不好，没办法。"

　　最隆重、最热闹的是一年一度学校举办的运动会。运动会一般是在学校南侧台塬下的大队院子举办，红旗招展，锣鼓喧天，同学们仿佛个个都是体育健儿。运动会有田赛、径赛，还有滚铁环等项目，班上每一位同学都参与。很难想象，如今十分臃肿的我，当年竟然还是学校体育特长小组的！教体育的徐老师对我很好，每天早上，组织体育特长小组成员到学校周边去跑步。那个时候，我是真的热爱体育，还想象过自己有朝一日能成为某个项目的冠军。只是后来逐渐懈怠，最后放弃了。

　　万杨初中，离校近四十年来，无论我走到哪里，都不能停止对它的思念！

思念最是深夜时

那里有爱我的老师，有亲如兄弟的同学，我在那里春风得意，茁壮成长！我和我的同学们，一起学习，一起玩耍，留下了太多的欢笑和记忆！那里有我的青春，我的梦想！

我爱你，万杨母校！

我的舅爷

关中西府,把外公称作舅爷。我的舅爷离开这个世界已经三十多年了。我现在常常会想起他,还有他说过的话。

一

舅爷出生在旧社会。穷人家的孩子上不起学,舅爷只能做了皮匠,带着弟弟走南闯北。在村里,他也算是见过世面的人。见过世面,意味着明白许多道理。

舅爷很健谈,也乐意给晚辈们讲道理。

二

舅爷有个外甥姓张,我叫他叔。张叔住邻村,是个木匠。年轻的时候家里穷,上有老,下有小,一大家子七八口人。仅靠在生产队挣工分不行,养活不了家。张叔就白天出工,利用晚上的时间打家具,抽空拉到市场上去卖,补贴家用。那时候,我常陪舅爷拉架子车赶集,偶尔在路上遇见骑自行车的张叔,舅爷一再摆手让他停下来说说话,而张叔每次都急匆匆地走了。舅爷很生气,骂道,兔子跑得快,最终都让狗吃了!

没日没夜的劳作最终累坏了张叔的身体,忙碌了一辈子的张叔没有一个业余爱好,到老年,融不进同龄人的圈子,孤单单的。

年过七旬的张叔回忆起舅爷,感慨地说:"现在回想起来,你舅爷当年说的话都是实话,很有道理!"言谈中,我感到了他的追悔之意。

从小就记住了舅爷的这句话,起初我知道那是舅爷骂人的一句气话,现在我明白了这句话中的哲理,那就是从容地面对生活。

三

改革开放,农村包产到户。舅爷有一天告诉我,村里的干部分地的时候,每一户之间的"犁沟"(地界)是用镰刀刀刃来界定的。舅爷说,把地分了是好事,用镰刃来分?旧社会界石还是块大石头呢。太生分,这样下去怎么办?

舅爷是担心人们私欲的膨胀。

四

舅爷常常教育我们的一句话是,不要"哄人"。"哄人",意思是隐瞒、欺骗。他告诫晚辈,人都不傻,千万不要哄人!因为,哄人是在哄自己!舅爷是一个爱憎分明的人,说话丁是丁,卯是卯,他看不起那些说话不着边的人。他会告诉我们,哪些人不靠谱不讲理,提醒我们远离他。

据我后来的观察,舅爷让我们远离的人,大都不如意。我佩服舅爷看人之准。

五

小时候,经常跟着舅爷去看戏。小孩子看不懂,总想着跑出去玩,他非得拉着我看,还要给我讲背景,讲其中的道理。我很佩服舅爷的记性,不识字,却能记住那么多的戏文。舅爷常说,看戏就是受教育,比你在课堂上学的管用。

耳濡目染,现在看秦腔,还能记得舅爷讲的内容。

六

　　夏季的夜晚，人们常常在打麦场纳凉。我最惬意的就是躺在舅爷身旁，一边数星星，一边听舅爷讲故事。他的故事里，有二郎救母，薛仁贵征西，王宝钏寒窑，诸葛孔明神机妙算……

　　和舅爷一起纳凉的夜晚，往往都是伴着故事入眠的。

　　童年，对我影响最深的人就是我的舅爷。舅爷几乎没有留下任何遗产。但他的故事，讲过的一些话，我一直记着！

无　声

在我幼小时的记忆中，爷爷每天起床后，总是连声咳嗽很长时间。这时奶奶就会给爷爷捶背。穿好衣服后，找烟袋，找烟嘴，奶奶帮爷爷点上烟。云山雾罩中，我看到奶奶和爷爷和睦的场景，没有怨言，没有责怪，宁静而自然！

小时候，大人们总是起床先干活，八九点才吃早饭。在舅爷家，一早我陪舅爷下地干活，外婆在家做饭。饭做好了，外婆过来喊我们吃饭，舅爷说等会儿吧。就这样，外婆一次又一次地去灶房添火，给我们打好洗脸水，茶煮好放到炕边，饭菜都准备好……这一切不需要语言，都在默契中完成，和谐而温馨！

这些美好的场景，深深刻在我的脑海中。

随着我慢慢长大，目睹过无数个家庭的争吵。我想，爷爷和奶奶，舅爷和外婆，他们一定也是从一路争吵，不断磨合中走来的。老了，爱情升华为浓厚的亲情，变成了无声的陪伴和相守！

午后阳朔

午后的阳朔西街,街道上游人不多。夕阳下,微风习习,我独自懒散地徜徉在熙熙攘攘的人群里。

转角处传来赵雷的民谣《成都》,寻着音乐,抬头是二楼的音乐酒吧,临窗坐下,要了杯榛果拿铁,许是下午的缘故,酒吧里除了舞台上的歌手,只有一对男女,歌手弹唱着民谣,自弹自唱,陶醉其中。

太阳斜照在肩上,抿一口咖啡最上面滑滑的奶沫,依然是那种熟悉的甜,闭上眼睛,仅凭味觉很难分辨此刻自己是在西安还是在阳朔。

像阳光一样,俯视着楼下三三两两的人们,不时有手机拍过来,我也友好地微笑上镜。想起一个诗人说过,你站在桥上看风景,看风景的人在楼上看你!无意中,我也装点了午后阳朔的风景!

转角楼古色古香,二楼的窗户里和蔼可亲的微笑,一杯咖啡,一寸光阴,以及美妙的音乐……忽然间,觉得自己高大了起来,因为我装点了别人的风景,成了午后斜阳下,品咖啡、听音乐的悠闲大叔!

他和她要了两杯鸡尾酒,一份坚果,慢慢地品着。她看起来很漂亮,很阳光。他和她一只手握着酒杯,另一只手握在一起,随意放在餐桌上。歌手唱完一曲,他和她都要鼓掌,鼓掌时,彼此用眼睛对视交流一下,再把热情用掌声送给歌手。

唱了几曲,歌手停下来,邀请他和她来一首歌。他推着她肩,扶着她的手,鼓励她上去唱。她一开始有些羞涩,嘴里痴痴地埋怨着他。在歌手的盛情邀约和男友的一再坚持下,她怯怯地走上舞台。当她与我目光接触时,我微笑并竖起大拇指。和歌手低语几句,歌手弹起了吉他。她唱的是当下流行的民谣,台下的男友不停地打着节拍,眼睛一直盯着台上的她!

她不是专业歌手,唱得一般,但在他眼里,她就是自己的女神,最闪耀的明星!他全神贯注地打着音乐节拍,含情脉脉地注视着她……

他和她陶醉了!肆无忌惮地陶醉了!四目相对,旁若无人!歌手被他俩的投入感染了,加大了弹奏力度,眯起眼睛,下巴随着节奏晃动,附和着低唱。

从他和她的眼神里,我读出了爱慕和真诚!她的眼睛和神态告诉我,她很崇拜他!他的眼睛和神态告诉我,他很宠她!从他和她的眼神中,我读出了阳光!这是一个美妙的午后!

他和她什么时候唱完?什么时候离开?我不记得了,我沉浸在无限的思绪中……

那一幕,定格在我脑海里,每当我想起浪漫的阳朔西街,也一定会想起那个午后音乐酒吧的他和她……

多少年后,我已经忘记了那家音乐酒吧的名字,也忘记了是某年某月某日和他们的邂逅,但他和她相互瞩目的眼神,依然深深地留在我的脑海中。

相处不累，是朋友间最好的状态

今年春节回宝鸡，和W聚了一次。短暂的相聚，我们进行了深入的交流和分享，和W在一起的感觉就是轻松、不累，这也是我每一次去宝鸡都要和他见面的缘故。

十二年前，因业务关系，认识了W。他是做机械加工的，公司经营得不错。当年在宝鸡做业务时我有很多"朋友"，后来大多数渐行渐远。和W这些年的交往，一直很愉快。在一起很随意，不勉强，事少，吃饭可繁可简，讨论问题很客观，即便有相左的观点，也不急于反驳，坚持要耐心地听完。征求意见时很诚恳，你的意见无论是否采纳，他都会表现出谢意，从来不提唐突的、尴尬的事，在一起聊天，就像是天上行云一样，随心随意！

有些朋友往来不多，有事才约，表现却过度热情。关系不到那个份上，说话肉麻，勾肩搭背，称兄道弟，吃大餐，玩高尚，令人受之有愧，食之无味！和这些人在一起时，内心是不安的，总会猜他有什么事等着说。

一些朋友，人也熟悉，但每次见面总会要求些什么，充分开发你身上的资源，看看你能给某某帮忙吗？整天盘算着，你现在的公司和位置能给他做点儿什么吗？任你百般解释，他仍然不依不饶！这些人，一般要躲，有时躲都来不及，在一起会让人很紧张，很累！

还有一些朋友，关系也好，就是很黏人。依据自己的时间和爱好，不分青红皂白地要求你，今天的聚餐还没结束，就在席间给你安排明天、后天的聚会。他喜欢打麻将，就硬拉你也去，如果不去那就是不够意思。遇到这样的朋友，只能撒谎搪塞，要不经不起他的死缠硬磨。

微信有个很大的好处，就是能把朋友分成不同的圈子。工作圈、学习圈、同学战友圈、家庭圈、不同爱好的圈子等。相对而言，在这些小圈子中，说"圈"内话，容易产生共鸣，一般不会引起反感。因此，我们对朋友不要求全责备，不同的需要，找不同的朋友。

相处不累，是朋友间最好的状态。

首先，要相互尊重。尊重朋友的时间、爱好和习惯。在尊重的基础上，商量着来，一定很松散自由。

其次，要相互理解。要理解朋友的难处，不要一味地、过分地要求他人。相信你们的友情，如果能办的事情，他基于友情也就尽量给你办了。不为难朋友，友谊才会长久。

再次，要科学地经营友情。保持恰当的距离，适度接触。既要亲密，也要给对方留出私密的空间。凡事不要刨根问底，有些秘密知道了，反而成了负担。

相处不累，就是让人不设防。交往时不觉得难为情，不感到"有坑"，不觉得"没完没了"，不觉得心有余悸。适度、随意是基调。

在朋友的交往中，要尽量让对方"不累"，放下包袱，才能敞开胸怀。要远离那些感觉"很累"的人，不交往也罢。

相处不累，是朋友间最好的状态。相处不累，在和谐的氛围中，才能更好地交流，分享成功的喜悦，吐露内心深处的苦闷，相互帮助，彼此温暖。

想起母亲说的话

前几日，和朋友聚餐，席间，一位朋友讲起他母亲说过的一句话，让他很受激励。

朋友前些年，带八十多岁的母亲去厦门旅游。旅程结束后，母亲说："这次到厦门，没有当年去昆明好玩，那时多好，我还年轻！"

他问母亲是哪年去的昆明，母亲说，七十五岁的时候！

朋友听了母亲说她七十五岁还年轻的话，现在只有五十多岁的他，再也不敢言老！

母亲的一些话，会影响孩子一生！

好好念书，考出去！不当农民，少受罪！我们小时候，这是母亲最常说起的一句话。二十世纪六七十年代，农村的日子相对较苦，孩子们在假期、课余时间，都要下地干活。说实话，每个孩子都有撑不住的时候，这个时候，大多数大人都会乘机说些抱怨农村的话，以激励孩子好好学习。

我的母亲年轻时候在省城西安上过几年班，工人生活和农民生活母亲都经历过，她说起这话，更有说服力。

母亲的这句话，朴实，我牢牢地记在了心里。那时的我，也坚信这句话是对的！

现在看来，这句话有些片面，家乡的很多人，后来也都干出了大事。但就是母亲的这句话，激励我努力学习，考上了大学。

到现在，我依然认为，如果我当年没上大学，我一定没什么作为。

前些年，几个同学聚会，说起了当年学习的动力，大多数都表示，不想留农村，太苦是最大的动力。

母亲的这句"考出去"，真的激励了我！

一九八六年的夏天，是最难熬的。

我，高考落榜！不吃不喝，三天没出门。想了很多。后悔，难受，丢人！最大的是不敢面对现实！对我，真的是当头一棒！

家里人也没有明面上的安慰，只是下地出工时不叫我。自己的苦自己吃，自己的罪自己受！这也让我明白了一个道理，考大学的确是自己的事。考不上，就留农村，男劳力，一天六分工。到了三十多岁，表现好了，十分工，大约可以挣六毛钱。在大多数人眼里，留农村，当农民，很正常。

有个念头，曾经掠过我的大脑。复读的滋味难受，与其受辱，不如不复读算了！

就在这个时候，母亲端着一碗面，走到床前，说：

"今年题难，你还考了咱村第一。复习一年就考上了！"

我二话没说，起床，一口气吃完那碗面，还喝了一碗面汤。然后下地，干活。

九月，上了补习班。

次年七月，如愿考上大学！

在自己极度痛苦、极度迷茫的时候，母亲的那句"复习一年就考上了"，真的让我考上了！

其实，我知道，激励我继续坚持的是母亲对我的欣赏和信心！

一九九一年，我参加工作，单位在秦岭深处。

临行前，母亲对我说："记住你是农村出去的，对人要好，不要怕吃苦！"

是呀，上了四年大学，也见识过大城市的生活，突然，要到山沟，失落是必然的。母亲说："咱们祖祖辈辈是农民，好歹你走出去了，要干出个样子来，到什么时候，都不要忘了自己的出身。"

矿山那时很落后，工人基本都是转业军人。采矿，是一件很苦、很累的工作。我看到那些和我父亲一般年纪的工人，就觉得亲切，他们大都家在农村。我记着母亲的话，我是农村出来的。因此，我努力工作，和大家也处得非常好。我的事业发展得也很快。

对人好，能吃苦，是那时候农民的优点。我的父母，也都是这样的人。

对人好，能吃苦，一直作为我的座右铭。虽然我后来不是农民了，但我骨子里继承了很多农民的特点。到现在，我依然怀念那时候的农村，淳朴，人和人不设防。

有回陪母亲看电视，内容是关于婆媳大战的故事。母亲突然说："你婆是个好人，一辈子都没谈嫌（嫌弃的意思）过媳妇。"

奶奶早早就过世了，我了解少，但在我心目中，奶奶慈祥、脾气好，听母亲说，奶奶对她们妯娌都好。从来不埋怨，不骂人，是个好人。

这句很朴实的话，我没听其他几位婶娘如此说过。尤其现在这个时代，周围很少有媳妇如此评价自己的婆婆。因此，我听了很感动，记忆尤深！

母亲在村子里人缘好，是真的。

我经常担心，她一个人在乡下，会不会很孤单。她常说："不孤单，在村子里好朋友多着呢！我人缘不错！"

父亲去世。大家伤心、难过，痛哭欲绝。母亲，没哭。

一天凌晨，我醒来发现，母亲在父亲的灵柩前，自言自语："你和我吵了一辈子，现在不吵了，我心里很难过！"

我发现，她泪流满面，眼中充满无限的失落！无限的惋惜！

父母，真的是吵了一辈子。但这就是他们的生活方式，用母亲的话来说，就是"见不得、离不开"！

我理解父母。生活的苦难与无奈，往往会不自觉地在彼此指责中释放。但是，他们丝毫没有失去对生活的信心，没有对责任有丝毫的懈怠！他们孝敬老人，拉扯儿女，养家糊口。

父母的感情是很深的。母亲，内心一直敬畏父亲，在村里谁家吵架闹意

思念最是深夜时

见，总是让父亲去"说话（评理、劝说的意思）"。这时候，母亲总引以为豪。在家族中处理事务，父亲做的决定，母亲全都支持！

母亲说，和父亲吵了一辈子，他现在闭嘴了，永远不争辩了，这是对她最大的惩罚！她受不了！

我明白！我理解！

侄子结婚大礼上，非让母亲上台讲话。她拿起话筒，一时想不起说什么，拘谨地，一字一句地说："好好过日子，甭吵架！"

现场一片寂静，每个人都陷入了深深的思索。母亲已经下台，但掌声却持续了很久。

我紧紧地握住她颤巍巍的手，母亲一定是想到了她和父亲吵闹的一生！

吵一辈子，过一辈子，不容易。过一辈子，不吵，更不容易。

母亲的语言，朴素，富有哲理。

谨以此文，祝母亲健康、快乐！

小　满

今日小满。北方的冬小麦灌满浆，即将转入成熟期，如谚语"灌浆足墒，粒饱穗方"。

小满者，物致于此，小得盈满。在关中，"小满不满，芒种开镰"，农民们已经进入备战"三夏"的预热阶段。我的家乡关中西府，一般在芒种后一周开始收麦。在我幼时的印象中，夏收是家乡一年当中最忙碌、最重要的季节！

时过小满，父亲开始收拾整理夏收的农具。用坏的，要及时买了备用。扫帚和草帽，一般是一年一换。有些人给崭新的草帽上喷上字，诸如"龙口夺食""大干快上"等。尽管我现在知道那时候生产队的劳动效率很低，但我始终觉得那时候的"氛围"很好。不论政府部门，还是学生老师，都要投入到"三夏"大忙中来，人人都要下到田间地头抢收抢种。我在小学时，学校还会组织一些文体节目，去打麦场给农民伯伯演出，并且会放十天的"忙（通芒）假"，学生们站岗放哨，或下地拾麦穗。

小满后，关中人习惯称进入了"忙（芒）天"，意即忙碌的季节到了。可是现在的"三夏"已经不怎么忙了。大型联合收割机几天就解决问题。每每这个时候，不由怀念那种"热火朝天"的场面。如今的"三夏"，缺了"仪式感"。大家不紧不慢，不慌不忙，要是我爷爷、舅爷那一辈人还活着，一定会被打麻将、跳广场舞的后生和媳妇们给气死。时代变了，变得高效，快捷，但生活缺少了"仪式感"，对什么事似乎都无所谓大小轻重。

说到仪式感，今天小满，也是"520"。国人的生活中，不知道从什么时候多了许多稀奇古怪的节日。尽管中国的二十四节气已经成为世界非物质文化遗产，年轻人中不知道小满节气，知道"520"的却不少！"520"谐音"我爱你"，此类节日我一般不过，但也包容。晚饭后，路过街边的花店，买花的人很多，生意异常火爆！能猜出，今天会有很多人对心仪已久的恋人大声表达"我爱你"。对自己的爱人一次热烈地表白，对养育自己的父母、挚友、恩师一次真情表露，不是什么坏事，有利于增进情感。

国人含蓄，多不善表达。我就是在父母的责骂中长大的，他们从来没有对我说过"我爱你"，但他们用自己的实际行动每时每刻都在诠释着对孩子的爱。如今我也为人父，我觉得，在表达情感方面，要对自己的亲人、爱人和友人大胆地说出"我爱你"！

小满丰盈适宜，是恰到好处的美！美，不一定是极致，却一定是一种平衡与和谐。一幅画，一段音乐，一首歌，达成内涵元素的"小满"，便可成美妙的艺术。书法有留白，音乐有抑扬顿挫，小满，即为美！

小满，丰盈而不太满，"满招损，谦受益"也是这个道理。话不可说太满，事不可做过分。保持小满，游刃有余，即为佳境！

小时候，跟着大人走亲戚。每次到大姑妈家，我都会吃撑。那时走亲戚很严谨，必须每家都走到，每家照例要端上饭菜招待。大人们都懂，知道这些程序。我一个小孩子，什么也不懂，就是个贪吃，在第一家就吃得肚儿圆，到了第二、第三、第四家，人家端上来了丰盛的饭菜，加上主人的热情，我只好死撑，每次都很狼狈。奶奶每次都要骂我，但大姑妈每次都笑眯眯地夸我"乖"，说我长大有出息。我特别喜欢大姑妈，希望自己以后真的有"出息"。到现在，回首往事，"出息"谈不上，身体倒是十分的臃肿，儿子说我的胖就是小时候把胃给撑大了……

小麦灌浆至小满，留下空间整理排列，经过十几天的成熟期，把最丰硕的果实奉献给人类。灌浆，必是小满，不可大满。小满，是一种尺度的拿捏，是最佳的状态。吃饭九分饱，多有道理的一句名言！许多好心的朋友常常告诉我这个胖子，吃饭一定要九分饱。说实话，要控制到九分饱也是很难拿捏的。

小　满

食物到了胃里，吃饱了会给大脑一个吃饱的信号。在大脑没有接到信号之前，你怎么知道九成在哪里？有人说了，上一次吃二十个饺子饱了，以后每次吃十八个。有个老兄经常和我们一起吃食堂，吃饺子是数个的，数好一次夹到小碟中吃，坚持好一段时间，并未见效果。所以，拿捏是世上挺难的事。

办事要有尺度，做人要有礼节。讲求完美和谐，全靠拿捏的功夫。办事的尺度掌握不好，事会办不好。做人不讲礼数是鲁莽，礼遇过度必生懊悔。人和人之间的距离要适当，近了易伤害，疏远了就没了吸引力。爱人、亲人、朋友、同事、同学、战友、网友以及陌生人，都应该有合适的距离。问题是多少才是合适的距离，因人而异。许多问题出在了没有掌握好距离。我特别喜欢和一个朋友聊天，有一次我告诉他，放下手机和我聊会吧，这位仁兄说，有什么好聊的，他还要刷抖音呢！我以为聊天对我好，也一定对他好，也以为基于我们的友情，他一定会陪我。结果是我多情了，错误地判断了友情的深度，最终还是友情输给了抖音。

小满，是最好的季节，盈而未满，恰到好处！

洋槐花飘香的季节

每年四月底，是关中大地洋槐花盛开的季节。村子里里外外弥漫着洋槐花的香气，沁人心脾。这个时候，城里的菜市场也会卖蒸好的槐花，不禁让我想起洋槐花飘香的故乡。

摘洋槐花是孩子们最喜欢的事。有些人家有自己的洋槐树，邻居是不能随便去摘的。我家后院倒是有一颗洋槐树，但是分家的时候，分给了叔叔。按规矩，不是自家的树，即使再馋，也不能去动，除非树的主人邀请，或赠送，才客气一番，去摘折，或是收下。有一年，叔叔一家不在，眼看着一树的洋槐花从盛开到衰败，我们兄弟几个跃跃欲试，最终还是迫于父威而未敢轻举妄动。

杀人沟两岸的土坡上满是洋槐树。树是生产队的，可以随便摘，只要不破坏树的主要枝干就行。那槐树，一般都很高大。低处伸手可及的槐花，早早被人摘了去。高处的槐花，需要上树，或者需要工具。

隔壁的仓科用铁丝做了一个摘槐花的钩子，绑在长长的竹竿上，浩浩荡荡地领着小伙伴去杀人沟摘槐花。我因为没有工具，只能尾随人家。为了能亲自操作一下，不知要讨好仓科多长时间。

仓科摘槐花的工具是他爹给做的。小时候，特别羡慕仓科的爹。仓科是兄弟中最小的一个，上面有两个哥，两个姐，所以仓科爹最疼他。仓科爹一般不骂仓科，对仓科有求必应。仓科要什么玩具，他爹都想法给他做，比如铁环、弹弓、沙包、鸡毛毽子、自行车链条做的可以打火柴头的"手枪"等。

那时候，在农村很少有家长给孩子买玩具。我的父亲从来不给我买玩具，

洋槐花飘香的季节

也不给我做玩具。在他的眼里，小孩玩耍就像不务正业一样。眼睛一睁，忙到熄灯，家里总是有干不完的活。那时候，我很不喜欢这个家，甚至讨厌父亲！父亲那时候不到四十岁，整天忙里忙外。他是生产队的队长，我感觉生产队的事没完没了，特别羡慕仓科爹那样的父亲，不喜欢当队长的父亲。

喜欢仓科的玩具，羡慕他爹，因此仓科就成了我的朋友。

洋槐花飘香的一天，我放学后偷偷溜出院子，随着仓科摘洋槐花的浩荡队伍，去了杀人沟。

杀人沟在村子的西北方向，是一条西北—东南走向的沟壑。至于为什么叫杀人沟，说法不一。杀人沟旁高高隆起的土塬，叫"嫪毐坡"，宦官嫪毐在槐花飘香的季节里，趁嬴政行冠礼之际举兵攻击雍城。秦始皇平息嫪毐叛乱，车裂嫪毐，灭其三族。嫪毐埋葬于此，称"嫪毐坡"。为修墓冢，旁边被挖成一条沟。因为杀戮嫪毐，这条沟被称为"杀人沟"。另一种说法是，此沟原来是一条通往益店（驿站）的必经之路，因两岸藏匿土匪，杀人越货而得名。

不管杀人沟是怎样的来历，因它两岸有大片的槐树，在槐花飘香的季节里，这里是最热闹的地方。沿着坡面，一片雪白的世界里夹杂着翠绿的叶子，一串串槐花，含羞低垂，全村的孩子都到了这里，浓香的槐花下是孩子们的欢笑声。摘一串槐花，最好是刚开的，粉色的，夹杂着一些含苞待放的花蕾，靠近鼻子，闭上眼睛，随着深呼吸，入心、入腑……捋下花蕾、花瓣，一大把吃进嘴里，细腻、甘甜、清香，久弥不散！

树上的，地下的，把杆的，帮忙的，孩子们个个都是边干边吃，无限喜悦。我特别想亲自体验钩槐花的感觉，故对仓科百依百顺，他终于被我感动了，答应让我亲自操作！拿起长长的竹竿，摇摇晃晃地在树枝间穿梭，寻找密集的槐花小枝干。静下心，屏住呼吸，小心翼翼地对准树枝，迅速扭动竹竿，满是槐花的树枝断了，非常有成就感。心里还想再体验一下，仓科拿过竹竿给了下一个伙伴。

有人拿一片槐树叶子，对折起来，把开放的一端用嘴唇轻轻夹住，用力吸气，立马发出清脆的声音。一个人，一种不同的哨音，比赛的，较劲的，好不热闹！一时间，槐叶哨音此起彼伏，响彻杀人沟。

夕阳西下，孩子们举着胜利的果实——洋槐花满载而归，"日落西山红霞飞，战士打靶把营归，把营归……"

临近家门，忽然想起自己忘了给猪拔草！每天放学，拔猪草是自己的任务。于是，把篮子紧紧揽在近身，急匆匆往后院猪圈跑。母亲看穿了我没有拔草的事实，只是用手点点我，意思是看见了，警告下不为例。父亲没有母亲的好脾气，发现后大声呵斥："谁让你去摘槐花？不给猪拔草，猪吃什么？到年底交不了猪（意思是卖给公社），看拿啥交学费？就知道吃！长大能有啥出息！"

让我百思不得其解的是，父亲一气之下，把竹篮里的洋槐花倒进了猪圈，我一下午的劳动果实让猪给吃了！本来想着我摘了那么多的洋槐花，家里人应该高兴，第二天用面蒸一锅槐花多好呀！年纪尚小的我，对脾气暴虐的父亲心怀恨意！

父亲晚上去大队加班，我躺在被窝里生闷气。母亲安慰我说，洋槐花是好吃，但不能忘了拔猪草，这是你的责任，是正事。你爹希望你成为一个有出息的人，不要贪玩，不要贪吃。在母亲喋喋不休的唠叨中，我迷迷糊糊地进入了梦乡。

第二天的早餐中，多了一大碗蒸槐花。兄弟姐妹都在吃，我故意不吃，母亲劝我吃，我就是不吃，觉得这样很有出息，很解气，很有志气。

从那以后，每年我不再去摘洋槐花。在家里也从不吃洋槐花，以自己的倔强继续对抗着父亲。

后来才知道，那天的蒸槐花原来是父亲晚上回来时专门向别人要的。

长大后，又到洋槐花飘香季，我回到了家乡，看见年迈的父亲，戴着老花镜，在院里给小侄儿做摘槐花的钩子。侄儿太小，可能还不知道洋槐花的香味，他一边做，一边给孙子讲："一会儿爷爷带你去摘洋槐花，摘满满一篮

洋槐花飘香的季节

子，让奶奶蒸一锅槐花，可好吃了！"

晚饭时，我端起一大碗蒸槐花，和着潸然而下的泪水，大口大口地咽下⋯⋯

如今，父亲离开了我们。

每到洋槐花飘香的季节，我就想回到家乡，吃上一碗蒸槐花。

一米阳光

到今天,抗疫宅家已经二十四天了!

午后,空气清澈,不见雾霾,太阳格外好。客厅的飘窗是我品茶的小天地,临窗而坐,午后的阳光斜射进来,我突然想起一个词形容此景最贴切,那就是"一米阳光"!

那年去了丽江古城,丽江古城是个浪漫的地方。那一句"我在丽江等你",仿佛一位风情万种的恋人,发出难却的邀请,让人心里痒痒,欲罢不能!

那是一个阴雨的傍晚,我走在酒吧一条街上,随意隔窗观望里面的浪漫世界。突然,霓虹灯下"一米阳光"四个大字映入眼帘,心里顿时升起一股暖流!这是一家酒吧的名字。

阳光普照大地,岂是可以用米来丈量的?我莫名地记住了一米阳光。

近日用上了柜藏很久的铸铁壶,煮好一壶水,稍微凉一会儿,冲泡一杯午子仙毫,那茶尖就像重见天日般舒展、活跃,一条条地竖立起来,积极向上的样子让人喜欢!茶香扑鼻而来,清新中带有一丝炒香,呷一口茶汤,浑身舒坦。

一杯水,激活了茶叶青春的精彩!

茶,只需要一杯水,眼下的浪漫,只需一米阳光!

妻子在卧室看手机,儿子在书房工作,此时,一米阳光下,我独自惬意地品茶,安静地享受阳光的温热。今天的茶别有一番滋味,那一定是融合了阳光的味道。

窗外是密集的高楼,远处的终南山隐约可见轮廓。很久没有细细地观望这座城市了，街上除了停放两旁的车辆，几乎没有行人。平日里抱怨城市的喧嚣，可终于静下来了，心却慌慌的，城市的宁静，原来是她生病的模样！

乡下的春天，姊妹几个围着蒲篮剥玉米粒，阳光照得棉袄非常暖和，身上微微出汗。依靠着蒲篮沿，常常就进入了梦乡。老爷爷歇靠在玉米秆上，迎着阳光，翘着山羊胡子，嘴里是长长的烟杆……谁也不打扰谁，阳光下，小寐片刻，或是静静地想着各自的心事，这一刻阳光是慵懒的。

三亚蜈支洲岛的沙滩上，海风习习。静静地躺在沙滩上晒太阳，用布帽遮住脸，就可以四仰八叉，可以放纵，可以嚣张，让时间静静地走过……就这样忘却时间地躺着，哪怕是整整一天，这一刻阳光是体贴的。

那一次大爆破在井下连续奋战了三十一个小时，出坑口，大炮响了。拖着疲倦的身子躺在山坡的草丛中，任阳光洒在身上，驱赶每一个细胞中的寒意和疲倦。特别想在这里大睡三天三夜！就这样，不想说话，静静的，有太阳的陪伴就足够了，这一刻阳光是实实在在的！

儿子过来了，我们一起品茶。我忽然觉得这十几年来，从来没有和儿子一起朝夕相处这么长的时间。我们一起关注疫情，相互讨论，相互分享。一起追剧，一起喝酒，一起品茶……

隔离生活让我们断掉了外出的念头，平日里浮躁的心安静下来了。

心静了，遂生愉悦，生浪漫，生向往！

无论身在何处，忙碌或是悠闲，只要心静，只要有一米阳光，心情就可以灿烂，生活就可以浪漫！